5分で読書

扉の向こうは不思議な世界

カドカワ読書タイム 編

カドカワ
読書
タイム

本書は、コンテスト「大人も子供も参加できる！ カクヨム甲子園《テーマ別》」の受賞作、また応募作の中の優秀な作品を収録したアンソロジーです。

5分で読書
扉の向こうは不思議な世界

フローリスト
～秘密の扉～

第一話　カナちゃん

私の名前？

芦野カナ。

年齢は十七歳。高校二年生。

んー、これ聞くと大体みなさん、そんな顔しますね。それって私の見た目が幼いってことなのかな。

そりゃあ、顔の手入れは適当ですよ？　髪型だって、生まれつきの赤毛混じりのをただ、ひっ詰めているいい加減さ、ですから。メガネはブランド物でも何でもない、大きくて丸いやつですから。

イロケ的なものは、持ち合わせておりません。正直、興味もないし。

仕事は、フローリスト「シシリー」のフロア担当、いわゆる接客係。バイトだからね。

まあ、係の名前なんて建前ね。ぶっちゃけ人の少ないお店だもの。仕事の区分けなんてなしに全スタッフが何でもします、働きます。

でも中には、自分だけが受け持つ仕事もあったりします。

わたくし、インターネット販売の責任者なんです。『EC販売、及びネットマーケティング担当』なんて、単語の意味もよくわからない職務でございます。

花屋の店員である以上、色合わせとか、形づくりのセンスなんかは、必要になります（「花を愛する気持ち」は言わずもがな）。スタッフの先輩方は、さすがみなさん立派な技術とセンスをお持ちです。手先も器用。けれど、パソコン機器を使うとなると途端に不器用になります。

「触ったことなーい」とか。

「わかんなーい」とか。

女子力全開で、困り顔をし始める。

おいおい。

スマホで何でも出来る時代なのに、なに言ってんだか。困った顔したって、ここには「俺に任せろよ、フッ」なんて心をくすぐる台詞を言ってくれる男子など、いないというのに……。

まあ、パソコンをいじるのは好きですので、いいですが。

ただ私が素材の写真集めから、コンテンツづくりから何でもやらされるハメになるわけです。

まあ、楽しいので、いいですが。

さて、私の働くこのお店、ひとつ問題があります。

金、カネ、¥、$。

このお店はお金の管理がなっていないのです。

見てください。あちらに見えるのがうちの店長。年齢は不詳ですが、二十代後半なのは間違いない。

背が高くて羨ましい？

編み込んでいる長い髪が印象的？

そもそも美人？

胸が大きい？（どうせあたしゃ）

紹介してくれ？

いやいや、違うでしょ。えっと、本当は違いませんよ。おっしゃることは認めますけれど。

論点はそこじゃないんです。

あの店長、若くしてひとり、この花屋を駅前に構え切り盛りしています。知識あり。接客も上手。度胸も胸と同じぐらい立派。そこは素晴らしい。尊敬します。

けれどけれど、損得の勘定だけ、抜け落ちているのです。

とにかく商品を子どもにあげちゃうし、簡単に値引いちゃうし、売れそうもない弱った生花を仕入れてくるし。

おいおーい、「損益分岐点」って知ってますかー？

今月のもうけ、わかってますかー？

我々のお給料、大丈夫ですかー？

地面に穴があったら、潜って叫んでいますよ、毎月毎月。

店長のお店だから、それぐらいいいじゃないかって？　そんなお気楽なことが言えるのは、業績の数字を見てない人です。

私がパソコンでお店全体の売上を集計しているわけですけれど、せっかくネット販売で稼いだ分の利益を、実店舗の分の赤字が、食いつぶす勢いです。

数字とお金の管理に厳しい家庭で育った私としては、営業終了後の、売上をまとめる時間がいちばん憂鬱。一日でもっとも疲れる時間なのです。

店長に何回進言しても、

「あら、そうね」

「また明日、頑張りましょ」

って、私を聞き分けのない園児扱いしてくる始末。

こうして私の苦労の日々は、繰り返されていくのです……。

じゃあそんなお店さっさと辞めちゃえば？　そんな声が聞こえてくる気がします。

見損なわないでください。私はそんなに意思の弱い子じゃありません。それにね、ここだけの話、私がシシリーに居続けたいって強く思う理由があります。それは、ある「秘密」に関わることなのです。

第二話　奥の部屋

シシリーには「秘密」に通じる扉がある。

それだけは間違いない。私はそう信じている。

その扉は、お店のレジの奥。小さな事務所を通り過ぎトイレを越え、さらに先の行き止まりにあります。天井の蛍光灯の光は微妙に届かず、その周辺はずっと薄暗い。

扉の目の高さに、中央に五角形の星型のマークがついているリースが掛けてありました。

私がここに勤め始めてから、一年が過ぎています。店のほとんどの場所は攻略したつもりですけど、その扉だけは例外。

いつも店長が持つ鍵で閉められていて、入ったことも、中を見たこともありません。

倉庫か何かだろう。そう思っていました。

でも変。何か変。

気づき始めたのは、シシリーに勤めて十ヶ月ぐらいしてからでしょうか。ちょうど仕事にも慣れて、慢心しちゃってた頃です。その日、私は最大のミスをやらかしました。

「え！　ちょっと！」

花束の数を数えていた私の顔から、血の気が引きました。

「シーサイドチャペルに出す、披露宴の来客用のブーケ……三十個も足らないよ！」

単純な打ち間違い？

注文を二回に分けて出したから？

頭上に回るのは「信じられない」の文字。

こんな単純なミスをしないのが、私の取り柄と誇ってきました。だからやってしまった時のショックも大きい。気持ちを立て直すことができず、私はすっかりパニックになりました。

多分、相当青ざめた顔をしていたんでしょう。先輩たちが心配そうに集まってきて、何とかなるよとありがたい言葉をくれました。

でも私の頭の器は不安で埋め尽くされ、言葉に込められたなぐさめの気持ちが入ってきませんでした。

無理だよ……もう無理だ……。

店の奥の方で、カチリと扉の閉まる音がしました。続いてガラガラという車輪の回る音。

フレンチリネンののれんをくぐって現れたのは、段ボール箱を積んだ台車を押す店長でした。

「偶然だけれど、近所の花屋さんが仕入れをダブらせちゃったみたいなの。シシリーで何とかならないかって言われて、預かってきたわ」

段ボール箱の中にある大量のブーケを見た時、私、思わず涙ぐんでいました。

「さあ、早くまとめちゃいましょ」

本当にあの時は、店長の笑顔が光ってましたね。背中に本物の天使の羽が見えたかと思いましたよ。

納品物を載せた軽自動車を見送りながら、私はほっとため息を漏らしました。と同時に、気づいちゃいました。

今日、店長は一緒にお店にいたはず……。いつそんな花を受け取ったの？　それにどこから出してきたんだろう。事務所にはそんな箱はなかったし、あの奥の部屋から？

それが不思議に気づいた最初の出来事でした。

一度心に引っかかったらずーっと目がいってしまうし、気になってしまうのが私の悪いクセ。

また違うある日、焦りまくって息も絶え絶えの、体格の良い奥様が来店されたことがありました。

「?★☆※■◇×?!」

一方的にまくしたてられ、混乱して言葉が聞き取れませんでした。そんな私の所に、店長がやってきて言いました。

「まあ、奥様。中の部屋でご用件を聞かせてくださいな」

私が顔を動かさず、視線だけで追っていく中、二人はのれんの向こうに消えていきました。

十五分ぐらいして、店内に戻ってきた時には、奥様の顔は上気していて、目が生き生きと輝いていました。

手には高貴な匂いを放つ大輪のバラの花束を抱えていました。

「この色と形! どこにもなくて困っていたのよ。助かったわ、オホホホホ!」

良かったですね、オホホホとお客様を見送った私ですが、店長のとっさの対応力に驚きました。でもきっかけになったのは、やはりあの奥の部屋。ますます気になって仕方なくなりました。

ここまでは、まだ序の口です。

世の中の花屋には実に様々なお客様が来るわけですが、うちの店にもその手の職業の方がいらっしゃったことがありました。

「よう！　そこのメガねーちゃん！　姉御に贈るつもりだった、この花なんだがよ。どう見ても萎れてんじゃねーか！　この店は俺をナメてんのか？」

メガねーちゃん……。

他のバイトの子たちは、子鹿のように怯えて動けません。

私だけが違う。こういう悪い輩には、不思議と耐性があるのです。心に変なスイッチが取り付けられてるんでしょうね。

それにその日は、なぜかむしゃくしゃしていたせいもあって、私は完全に臨戦態勢を取りました。

さあやるぞと、口を開きかけたその時、店長が割って入りました。

「あのう、お店はとっても狭いので……できれば奥の部屋でお話を聞かせていただけませんか？」

出た！　甘い言葉と奥の部屋。

ヤクザさんは、しめたとばかりにずるい顔になりました。人の目のない所で、その本領を発揮するつもりでしょう。

女性の何倍もある太い腕を見せながら、彼は鼻息荒く店長に連れられていきました。店長の悲鳴か、身体のどこかがポキンと折れる嫌な音が聞こえるのを想像してしまい、私は気分が悪くなりました。

五分が経ち、十分が経ち、いつも一時間ごとに鳴る時計の時報で店の全員がびくっとなった時、店長とゴツい方が話をしながら戻ってきました。

「というわけで、切り花をカットする時は、水の中で斜めに切ることを忘れないでくださいね。花瓶に水は入れ過ぎず、清潔にすることも」

「はいよ、ねーちゃん。新しい花までもらっちまって悪いな。今度は大事にするよ」

おいおい。こりゃあ神のごとき接客力ではありませんか……。

怯えるバイトの子たちをあやす店長を見ながら、思いました。私は何年修業したら、この人に追いつけるのだろう、と。

ともあれ、この出来事から、私のあの部屋への興味は、ますます深まりました。


そしてついに決定的なことが起こりました。

ある日、お店に小さなスズメが飛び込んできたのです。私たちもパニックになりましたが、いちばん驚いたのはその小鳥自身でしょう。

その子は何度も脱出を試みます。けれど行く手をお店の壁や柱が阻みました。

やがて小鳥は壁の飾り棚にぶつかって、床に落ちてしまったのです。

バタバタとあがく羽が見た目にもわかるぐらい、嫌な方向に曲がっていました。

たとえ外に出られたとしても、この子を待ち受ける運命を考えると……。スズメが鳴けば鳴くほどに、私の心は痛みました。

「店長……」

私たちが一歩も動けない状況にいる中で、彼女は手に清潔そうな布を持って現れました。それを怯えている小鳥にかぶせると、優しく包み持ち上げます。

「少し休ませてあげましょ」

「あの……でも、もう翼が……」

両掌に包み込まれた小鳥は、疲れたのか鳴くことさえやめていました。店長はただ微笑んで、裏手へと下がっていきました。

バタンと扉が閉まる音がします。

それから一時間も経ったでしょうか。ふたたび奥の部屋から戻ってくる彼女の手には同じように白い布がありました。

けれど、その膨らみの中にいるであろう傷ついた小鳥には、命の気配がありません。

「……残念でした」

私は近寄って言いました。自分なのか店長なのか、誰をなぐさめているのか、よくわからない気持ちです。

店長はそのまま店内を進み、お店の軒先で立ち止まりました。

長身の店長の姿が陽光に煌めいています。私は彼女が次に行った手品が信じられませんでした。

店長は両手を持ち上げると、その中身を青い空に向かって優しく解き放ったのです。

そのタイミングで、空からぱっと光が射したように見えました。スズメの羽ばたきのリズムと、チチッという鳴き声――。傷を負ったことが夢だったように、その子は元気に空に向かって飛んでいきました。

店長は最後、手に残った白い布をフローリスト・エプロンのポケットにしまい込むと、満足げな顔で私たちを振り返りました。

「軽い傷でよかったわ。さあ、仕事に戻りましょう」

嘘みたいな本当の話なんです。

あの部屋から出てくる物が人を助け、あの部屋に入った者は心穏やかに幸せになる。そしていろんな種類の傷が、癒やされてしまう。

すべてが解決できる夢のような小部屋?

私の中の現実が、ぐらぐらと揺らいだ瞬間でした。

第三話　黒猫

「じゃあ、行ってきます。カナちゃん、留守番よろしくね」

その日、店長はエプロン姿のまま、商店街の会合に出かけていきました。

「ふぁ〜い」

店先に立っていた私は気のない返事をします。暖かな午後の光に、眠気を誘われていました。いつものようにホースのシャワーを使って、お花たちに水をまき始めた時でした。視界の端に、小さな黒い影が見えました。

「あれ、またあなたなの？」

売り場に並ぶ花桶の間からヒョコッと顔を出したのは、一匹の黒猫でした。

最近ちょこちょこ店に顔を出すこの猫は、お花を買いにくるお客さんじゃありません。気まぐれな野良猫ってところです。

「今日は何の御用かニャ？」

私は腰を落として黒猫を呼んでみました。するといつもそっけないその子が、今日に限っては自分から近寄ってくるではありませんか。

そこで私、つい欲を出してしまいました。この子ともう少しだけ仲良くなりたくなったんです。

でもまだ早すぎたみたいです。私が顎を撫でようと、ほんの数ミリだけ動かした指に、黒猫は敏感に反応しました。

しかも後ろに逃げるのではなくて、前に向かって猛ダッシュ。左右に軽やかにステップを踏んで、私の股の間をくぐっていったのです。

「そっちに行ったら駄目！」

黒猫が逃げた先は、なんとお店の中でした。狭い通路をちょこまか走り、レジの脇を抜け、裏の方に行ってしまいました。

あわてて後を追いかけました。事務所やトイレに入った形跡はありません。どんどん先へ進んでやがてたどり着いたのは、薄暗い廊下の突き当たり。ぼんやりと暗闇に浮かぶあの扉の前でした。

「あ！」

私はすぐに異変に気づきました。いつもきっちり鍵がかかっているはずの扉が、少しだけ開いていたんです。そして見ました。その狭い隙間にすっと消えていく、黒猫の長く滑らかな尻尾の残像を。

私は混乱しました。これは偶然？　それともチャンス？　やっぱり私はここに入ったら駄目な気がする。でも黒猫を放っておいたままでいいとも思えない。どうしよう？　色々な思いが頭の中で渦巻きました。

いやいや、しっかりして！　あなたが店長に留守番を任されたんでしょう？　私は緩みかけていたエプロンの紐をきつく締め直しました。

そうです。私はモヤッとした悩みを、そのままにしておけないタチなのです。それが芦野カナ。決めたからにはやる女です。清き一票をよろしく。

私は決意をあらたに、ゆっくりと部屋に近づきます。そしてドアノブに手をかけようとして、ぴたりと動きを止めました。わずかに開いている扉の隙間から、何かの香りが漂ってきたのです。

これって……お花の匂い？　直感はそうささやくけれど、自信はありません。花屋の店員の私にも嗅ぎ分けられない、不思議な香りだったから。

かぐわしいその香りを吸い込んでいると、何だか頭が芯からしびれる感じがしました。いつしか目の前の扉がふらふらと揺れ出します。いや、揺れているのは私自身でした。手が二重に見え、どんどん瞼が重くなり……。

そのまま、私の意識はふっと途切れました。

……ちゃん……ちゃん……。

……ナちゃん……。

「……カナちゃん！」

はっとして、目を開いた私の前に、心配そうな店長の顔がありました。

「はれ？」

何だか上手く喋れない。すんごい間抜けな感じ。なんでこんな所で、寝ているんだろう。

「店長……会合に出かけたんじゃあ……」

さっそく起き上がろうと体に力を込めた瞬間、後頭部に走るズキッとした痛みに、私は顔をしかめました。

「まだ動かないで。すごく腫れているわ。一応、お医者様を呼んでおいたから」

店長が起き上がろうとする私の肩を優しく押しとどめました。

痛む頭を少しずつ動かしながら、私はもう一度そこに仰向けになりました。

見たことのない天井。見たことのない部屋。そして嗅いだことのない香り。

そこは少し暗くて、狭い部屋でした。私が寝ているのは簡易的なベッド。あとは机と椅子と段ボール箱の山。それだけで部屋は一杯になっていました。

私の視線に気づいた店長が、きまりが悪そうに言いました。

「あーあ、見つかっちゃった。それ全部、過剰在庫なの。私、悪いクセがあって他のお店で余った商品を預かってきちゃうでしょ？」

店長は懲りない子どもみたいにチロリと舌を出します。

「『店長、いい加減にしてください！』ってお店の子たちに何度も怒られた。でも大人になると性格とかクセって変えられないものね。だから困った時は朝早く来て、こっそり余り物をこの部屋に隠しておくの」

一瞬、店長が何の言い訳をしているのか、わからなくなります。でもすぐに気づきました。

あっ……もしかして私が間違って発注しちゃった時のことを言ってるの？

呆然とする私をよそに、店長が別の話を始めました。

「忘れ物をして戻ってきたの。そうしたらびっくり！」

ちょっと古臭い、大げさに手を広げるジェスチャー。

「カナちゃん、お店の奥の扉の前で仰向けに倒れてるんだもん！　心臓が飛び出るかと思ったわ！　それであわてて、こ、ここに運んだわけ」

私は目だけ動かして、もう一度あたりを確認します。

「あ……じゃあここが、秘密の部屋!?」

第四話　解明

「秘密って何？　ううん、ここはシシリーの物置部屋よ。物置部屋だった、が正解だけれど」

私は頭の痛みも忘れ、店長に訴えていました。

「そんなはずない！　ここは不思議な場所なんです。ここに来れば何でも、どんな問題も解決しちゃうんです！」

店長は振り返って、テーブルの上にある小さなティーポットを手に取りました。自分の中の古い記憶を思い出したのか、くすりと笑う。

「ふふ！　思い出すわ。ここ、私が個人的な休憩部屋にしちゃったの。お店の立ち上げの頃よ。最初はスタッフがとても少なくてね。どうしても納品が間に合わないこと、しょっちゅうだった。それでみんなを帰らせたあと、徹夜で作業したわ。ここに寝泊まりする日が続いたから、やがてベッドまで持ち込んで……」

ティーカップにお湯を注ぎながら、懐かしそうな顔をする。

「そう、私の第二の家ね。ただ汚い部屋だから、みんなに見せるのは恥ずかしかった。それでいつもは鍵をかけているの」

店長は温かい湯気の出るカップを差し出しました。

「はい、セントジョーンズワートティ。飲めるかしら？」

慎重に起き上がった私は、受け取ったハーブティを少し口に含みました。甘みと少しの苦味がいい感じ。草とか木の香りが鼻を抜けます。ちょうどいい温度の液体が唇を湿らし、喉に潤いを与えてくれました。

「ハーブティって、不安とか興奮を抑えてくれるのよね」

店長の言葉どおり確かに気持ちは落ち着いたのですが、まだ納得がいきません。私はあらためて尋ねました。

「店長、あの日のお客さんはどうやって説得したんですか？」

私は体格のよい奥様が来店した時のことを伝えました。

店長は自分もお茶をすすりながら、少し考える顔をしました。

「あの時の話ね。まずはこのお茶で、落ち着いてもらったわ。あの方、友人からパーティに招待されたらしいの。当日になって、別のお友だちからとても立派なお花を持っていくって教えられた。それを聞いたら、もっと立派なものが欲しくなっちゃった。ちょっとした女性の嫉妬心ね。それで彼女、やっきになって花屋を何軒も探し歩いたそうよ。でも良いものが見つからず、パニックになってうちに飛び込んできたわけ」

店長は自分の手を持ち上げて私に見せてきます。

「カナちゃん。あの人の指にあったもの、覚えてる？　大きな宝石のついた指輪をいくつもはめていた。そんなお客様が求めるものって、お花の質とかデザインよりも、お金を使って買い物をした！　っていう満足感だったりすることがある。だから私はあえていちばん派手で値段の高い、あのローズをおすすめしたのよ」

私は店長の説明に感心して、思わず納得しかけました。

「い、いやいや、まだです！　あのヤクザさんはどうなんですか？　まさかハーブティを飲ませたから、落ち着いて説得できたってわけじゃあないですよね？」

店長は思わず、といった様子で手を打ち鳴らしました。

「あれは傑作だった！　あのお客さん、この部屋に入るなり私に顔を近づけて、こう言ったの。『俺はな、門川組でいちばん危ねえヤツって言われてんだ！　ナメやがったら、アンタに何をするか自分でもわかんねえぜ！』だって。でもそれを聞いて私、あることに気づいたの」

店長はエプロンのポケットからスマホを取り出すと、何やら操作して私に画面を見せてくれました。そこに映っていたのはＳＮＳのお友達リスト。ひとりの女性の顔写真がありました。

第一印象はとても綺麗な人。でも目つきが鋭くて、私は彼女にどこか怖さと危険な雰囲気を感じました。

「この人は桔梗さんって言ってね。門川組の組長の娘さんなの」

店長があまりにさらっと伝えた事実を、私は聞き流しそうになりました。

「え……えーーー!!　ど、どうしてそんな人と……繋がっちゃってるんですか!?」

「ふふ、実は桔梗さん、私が主催したフラワーアレンジメント教室の生徒さんだったの。とても熱心に取り組んでくれたので、私も一生懸命教えてあげた。そうしたらとても感謝されて、今後も個人的にお花のことを教えて欲しいと頼まれた。それで連絡先を交換したの。まさかそれが、こんな時に役に立つなんて！

すぐ桔梗さんに電話して、あの若い人を説得してもらった。『お前に花の何がわかるんだ！この、ドアホ！』って怒鳴る声が私にも聞こえたわ。ヤクザさん、すっかり落ち込んでしまったけど、私がお花の基本を教えてあげたら、元気を出してくれた。あの人、本当に桔梗さんが大好きなのね」

私は美味しいお茶の入ったカップをじっと見つめて、ゆっくりと残りを頂いてから深いため息を漏らしました。

さすがに納得しました。そして呆れもしました。何が「秘密」なんだか……自分の浅はかさが嫌になりました。それと同時に思います。結局、私は花屋の店員としても人間としても、店長の足元にも及んでいないんだなって。

「店長……会合に行くはずだったのに、ゴメンナサイ」

私は痛む頭を少しだけ傾けました。

「なに言ってるの。大事なのはカナちゃんよ」

それを聞いた途端、何かこみ上げるものがありました。でも気持ちが言葉にならず、伝えるのを諦めるつもりでした。

なのに口をついて出たその台詞は、なぜ自分でもそれを言ったのかわからない、不思議な言葉でした。

「私、このお店にいてもいい人間ですか？」

はっとして手で口を押さえたけれど、遅かった。

店長はどこかで見たことのある優しい表情を見せて、私に答えました。

「カナちゃんだから。ここにいて欲しいのよ」

あ……思い出した……この微笑み。

私の目は年上の彼女に釘付けになりました。

シシリーに面接を受けにきたあの日。出迎えた店長が、初対面の私——中学を出たばかりの小娘——をひと目見るなり投げかけてくれた、その時の表情。

その笑顔を見て私はここで働きたいって強く思ったんだ。いや、忘れてないよ。その思い出から、少し遠のいていただけ。

「大丈夫？　他にどこか痛むの？」

いつの間にか頬を伝っていた涙を見て驚く店長。

「いえ、平気です！」

私はあわてて否定しました。

「お医者様に看てもらったら、今日はもう帰っていいわ」

店長はそう言い残してから電気を消し、部屋を去っていきました。

残された私は軽い頭痛を感じ、もう一度ベッドに横になりました。少し頭を休ませようと、何もない天井を見つめる。やがて意識がまどろむのを感じました。

「そういえば私、小鳥がどうして元気になったのか聞くのを忘れてた……」

もう眠くて頭が働きません。私はそのままゆっくりと目を閉じ、夢の中に落ちていきました。

第五話　秘密の扉

ぱっと目を開いた時、私はベッドに寝ていませんでした。そこは薄暗い廊下の突き当たりで、すぐに部屋の前に立っているのだと気づきました。

「あ……」

目の前にあるのは、かつて私があんなに気にしていた奥の部屋のドアでした。扉がわずかに開いていて、そこから黒く細いものがはみ出ているのが見えました。

そうです。それはあの黒い野良猫の尻尾でした。私が声を出したせいか、尻尾はすっと部屋の中に消えました。

「あれ、これってどこかで見たことがあるような……」

私は吸い寄せられるように扉に手をかけ、部屋へと足を踏み入れました。

真っ暗な空間が目の前に広がっています。空気がふわっと動き、雲のような霧のような、不思議な白い煙が足元に漂ってきました。

「れ、冷蔵室?」

温度差を感じて、私の足はすくみました。ついさっき運ばれた時に見たベッドや段ボール箱の姿がどこにもありません。

やがて意を決して歩き始めました。前へ前へと進むにつれ、全身に違和感を覚えました。

だってもう十歩以上も歩いています。この店の奥行き、そんなにないはずなのに。

延々と続いた霧の壁に、終わりの兆候が見えました。目前に真っ白な光の点が現れ、だんだんと広がっていきます。終着地に向かって、私の足は進み……進み……やがてその場所にたどり着きました。

「う……そ……」

この時ばかりは私、口をぽっかりと開けていたと思います。

霧の帳が晴れた後には、緑の楽園がありました。そんな安易なことばでしか説明できなくて、すみません。でも、本当なんです。

足元で揺れる緑の草や野花。どこまでも広がる青い空には、昼によく見る薄くまっ白な月が何個も浮かんでいました。

「現実的な私」ですら、声が出ないくらいの現実がそこにはありました。

そんな景色に混じって人影がありました。私は丸メガネのフレームを持ち上げ、その人物を注視しました。眉間に皺を寄せ、目を細め——そして次の瞬間、目を見開きました。

「て、店長!?」

私は思わず後退りしました。

だって、ですよ。私の知る、あの穏やかな店長が、まるでどこぞの魔法使いよろしく乳白色のローブに身を包んで、この世界の主のように風景に溶け込んでいたんですから！　足元にはあの黒い猫がいて、草むらの中で丸くなっていました。

店長の左手には白い布があり、その上に一匹の翅の破れた蝶が力なく横たわっていました。

彼女は指で五芒星のサインを描くと、もう一方の掌を上にかぶせて優しく擦り合わせました。

私はここでまた、信じられないものを見ました。店長が手を開いた刹那、元気のなかったはずの蝶がぱっと飛び立ったのです。美しく再生した翅で元気に空を舞った蝶は、やがて彼女の肩の上に止まりました。

不思議な儀式を終えた店長は、あらためて私の方に顔を向けました。

「カナちゃんね」

そうです、という言葉は心の中だけで言ったのに、店長は返事を受け取った顔をしていました。

「この扉の奥は見せたくなかったの。だからいつも鍵をかけておいたんだけれど。私のドジのせいで、ここに来てしまったのね」

店長は地面の花たちをよけながら、ゆっくりとこちらに近づいてきます。

私は足が固まって、前にも後ろにも進めませんでした。

「カナちゃん、花と妖精の世界にようこそ」

店長はケレン味のある仕草で、広がる大地に向けて両腕を広げます。

「でもね。急で悪いんだけれど……ここを見てしまったら、あなたはもう私たちのこと、忘れなくてはいけないの」

「え……」

私は狐につままれたように、店長の言葉をただ飲み込んでいました。

「もちろん、お店のことも」

ドキッとする。夢のような世界に浮いていた気持ちが、一気に現実に落ちてきました。

「ま、待ってください。私、知らなくて……鍵が開いていたなんて……そんな気はなかったんです！」

「ごめんなさい、カナちゃん」

すでに決定した事実だけを告げるような店長の物言いに、私は少し怒っていたみたいです。

「だ、だって、ひどいですよ、店長！　こんな……こんなことを店員の……バイトだけど……私に、黙ってるなんて！」

店長は言い返しもせず、大人の顔で私を見つめていました。

「ようやく仕事にも慣れて、色々わかってきたのに！　でもまだまだ店長に追いつけなくって！　だから、いつか認めてもらいたいって、頑張ってきたのに！」

私、必死でした。気がついたら、頬に涙が伝っていました。

「イヤです！　私、何をしても、シシリーを忘れませんよ！　ここには私が必要なんです！

私がいなくて、店潰れちゃって、いいんですか？　ねえ、店長！　ちょ、ちょっと、店長！やめてください！　変な仕草をしないで!!」

店長は何かを小さく唱えると右手を持ち上げ、人差し指の先で私の額をまっすぐ狙いました。

私は両手で顔と体をかばったまま、必死になって叫びました。

「いや！　私からシシリーを奪わないで！　私、ここで働きたい！」

その叫びの直後に、ばぁっと、風が吹きました。たくさんの花びらと千切れた草が舞い、空気の流れに乗って私に飛びかかってきました。

身体をかばっていた腕が、まとわりつく花びらたちで重くなり、しびれてきます。そしてついに、支えきれなくなって、私はそこに座り込んでしまいました。

駄目……もう耐えられない。そう思ったと同時に世界が真っ暗になり、私は眠るように意識の底に落ちていきました……。

「はれ？」

私の寝ぼけた声が狭い空間に響きました。薄暗い部屋の天井、たくさんの段ボール箱。そこは私が横になっていたベッドの上でした。

私は瞳から自然と流れ落ちる涙を手で拭いました。

何だ何だ。今のは。夢？　それとも現実……いや待って！　落ち着け、落ち着け。私はまだ少し痛む頭を押さえ、懸命に自分に言い聞かせました。

私は誰？

そう、芦野カナ。

シシリーの店員。いや、バイト。さっきまで留守番を任されていた。うん、大丈夫。

私は自分を見失っていなかったことにほっとしました。多分、頭を打ったことで変な幻覚を見てしまっただけ、そう思いました。

「それにしても変な夢だったなあ。店長が不思議な格好をして、あんな魔法を使えるなんて……まさかね！」

ノックする音がして、部屋の扉が少しだけ開きました。

「カナちゃん、お医者様がいらっしゃったわ」

店長の声がしました。

「はーい」

私はゆっくりと体を起こしました。いくらお店が暇だからって休み過ぎですよね。お医者さんに看てもらったら、すぐ店長を手伝わないと。そう自分を戒めました。

でもこの時、私は気づいていませんでした。

私の背中に張り付いていた草や花びらが、ひらひらとベッドの上に落ちていったことに——。

シシリーには「秘密」に通じる扉がある。
それだけは間違いない。
いつか店長に認められたら、彼女からその扉を開いてもらえると信じている。
だからこれからも秘密はあってもいいって、思います。
だからね。
私はずっと、それを信じ続けます。

並行世界のルームメイト

1

記憶というのはとてもあいまいだ。友達と共通の思い出について話していると、記憶が食い違っていることに驚く。

「あのとき、先生に怒られたのはお前だったよな？」

「いや、君の方だろ」

お互い自分の記憶が真実だと言ってゆずらないが、どちらかが間違っているのだろう。だが彼女と出会ってから、どちらも真実かもしれないと思うようになった。

高校生のとき、家を建て替えることになった。

父はこれまで「先祖から受けついだ家を壊すわけにはいかない」と修繕を繰り返してきた。母と僕はガタがきた家を建て替えるべきだと何度も訴えたが、父は拒否し続けた。だが先日、母が廊下に突如できた穴に落ちたことで、伝統よりも守るべきものがあると考えを改めたようだ。奇跡的に母にケガはなかった。僕は、父の考えを変えるために母が廊下を壊したのではないかと疑っている。

建て替えには四ヶ月かかるため、仮住まいを探すことになった。僕の住む街には賃貸物件が少なく、条件に合う家はなかなか見つからなかった。なんとか見つかったのは古い一軒家。同じ物件を借りようとした家族がいたが、数秒差で契約を結んだそうだ。少し遅ければ小さく部屋も狭いアパートに住むしかなかったらしい。

仮住まいへの引っ越しはすぐにはじまった。新しい自分の部屋に荷物を運んでいると、部屋にあるふすまが開いた。僕の部屋と隣の部屋の間に壁はなく、ふすまで仕切られているだけだった。

「こっちの部屋は物置にするわね」

母の言葉に僕はうなずいた。引っ越しが終わったころにふすまを開けると、隣の部屋には物があふれていた。僕はふすまを閉じ、物がなだれ込んでこないことを祈った。

その日、深夜に目が覚めた。引っ越しで疲れ、いつもより早く寝たせいだろうか。再び眠ろうと体の向きを変えたとき、不思議なものが見えた。僕の部屋と隣の部屋を仕切るふすま、その輪郭が二重になっていたのだ。

「目が疲れているのかな……」

僕は眉間を押さえ、ゆっくりと目を閉じた。次に目を開けたとき、ふすまは元に戻っていた。

それから数日後、隣の部屋から物音が聞こえるようになった。古い家だし、どこかがきしんでいるのだろう、と気にしないようにしていた。

　だがしばらくすると声が聞こえるようになった。それは若い女性の声だった。幽霊が住み着いており、僕に何かを訴えているのかもしれない。僕はふすまに近づき、彼女の声に耳をすました。

「あの店のタルトは本当に最高だった」と聞こえた。どうやら幽霊は僕におすすめのタルトを教えたいようだ。幽霊よりもふすまを開けて物が倒れてくることの方が怖かったので、廊下を回って隣の部屋を確認した。だがそこには我が家の記憶が所狭しと積み重なっているだけだった。

　その後も声は聞こえ続けた。美味しいカフェや流行りのファッション、本日の宿題など、内容は多岐にわたった。幽霊というより、同年代の女の子が友達と電話しているような声だった。

　声が聞こえた瞬間、急いで廊下を回っても声の主は見つからないが、自分の部屋に戻ると声が聞こえてきた。まるでふすまの先だけが不思議な世界につながっているようだと思えた。

　今日もいつものように声が聞こえた。廊下を回るのが面倒になったので、そっとふすまを開けてみた。するとそこは物置ではなく、見知らぬ部屋だった。部屋の中央には一人の女の子が寝転がっていた。僕はすばやく彼女の足下を確認した。足が見えたので、幽霊ではないようだ。お菓子をバリバリ食べており、完全にだらけきっていた。

どうしたものかと悩(なや)んでいると、彼女とぴたりと目が合った。猫(ねこ)のような瞳が印象的な女の子だった。僕はなるべく冷静に語りかけた。

「はじめまして」

もちろん、返事は大きな悲鳴であった。

2

「いったいどうなってるんだろう」と僕は言った。

僕が危害(きがい)を加えるつもりがないと分かり、彼女も少し落ち着いたようだ。幸い(さいわ)家には誰もいなかったため、先ほどの悲鳴を聞いたのは僕だけだった。

「隣の部屋は物置のはずなんだけど」

彼女の言葉に僕は同意した。

「ちょっと待っててくれ」

僕は廊下を回って隣の部屋を確認した。そこはただの物置であり、女の子は存在(そんざい)しなかった。

僕は部屋に戻り、彼女にそのことを伝えた。

「私(わたし)も確認してくる」

彼女の隣の部屋も廊下を回って行けるらしい。しばらくして彼女が戻ってきた。こっちと同じく物置のままだったようだ。どうやらふすまの先だけが、どこか別の場所へつながってしまったらしい。

「こんなの夢に決まってる」

彼女は勢いよくふすまを閉めた。僕はふすまを開けようとしたが、また悲鳴をあげられても困るのでやめた。彼女の言う通り明日になれば元に戻ってるかもしれない。


「おはよ」

見知らぬ声で僕は目覚めた。ぼんやりした頭で部屋を見渡すと、ふすまから女の子がこっちをのぞいている。

「どうやら夢ではなかったようだ」

「そのようね」

彼女はため息をついた。

僕は状況を整理することにした。今日は学校が休みなので時間はたっぷりある。

「それで、君はどこの誰なんだろう?」

「まずそっちから名乗りなさいよ」

彼女がするどくにらんだ。

「僕の名前はシュン」と簡単な自己紹介をした。

住んでいる場所を言ったとき、彼女の表情が曇った。

「私も同じ住所に住んでいるのだけど」

僕はしばらく悩んだ後、一つの可能性を思いついた。にやりと笑って言う。

「君のところは今西暦何年の何月何日だい？　きっと時間がずれているはずだよ」

映画なんかでよくあるパターンだ。時間がねじ曲がっており、主人公たちはそれに途中まで気づかない。僕は携帯電話に表示された時計を彼女に見せる。彼女はそれを眺めた後、同じように携帯電話を見せる。

「残念だけど同じ時刻ね」

彼女は意地悪そうな笑みを浮かべた。その表情に思わずいらっとしてしまった。

「じゃあ君はこの状況をどう考えている？」

「これはきっと『並行世界』よ」

並行世界、パラレルワールドとも呼ばれる、自分たちの住む世界から分岐して存在するもう一つの世界。その世界がこのふすまを介してつながっている——時間がぴったり同じならばありえる話だ。

「最近、何か大変な事件が起きてない？　きっと分岐するきっかけがあったはず」

僕は首をかしげる。

「特に事件はなかったと思う」

むむ、と彼女はうなった。念のため最近のニュースを確認してみたが、お互い同じ内容であった。

「分かった！」

突然、彼女は大きな声をあげた。

「きっと私の世界ではシュンは死んでいるのよ」

彼女は瞳を輝かせて言った。そんなに嬉しそうに言わないでほしいものだ。

「反対にこの世界では君が死んでいるということか」

「その通り。私とシュンは世界の命運をかけた戦いに巻き込まれ、どちらかしか生き残れない選択を迫られたのよ。それを悲観した神様が世界を分岐させたってわけ」

彼女は自信満々に語った。だがその仮説には根本的な欠陥があった。

「悪いけど、僕は君と初対面だ。それに世界の命運をかけて戦ったことはない」

「――それはあれね。分岐した影響で記憶を失ったのよ」

僕はため息をついた。やたらと都合のよい展開だ。

「君の妄想はさておき、並行世界という可能性はある。僕はこっちの世界の君について調べてみる。君も僕について調べてくれないか？」

彼女はうなずいた。お互い通っている学校を確認すると、同じ学校であることが分かった。お互い顔を知らなかったということは、あっちの世界で僕が死んでいるという彼女の妄想も否定できない。ただし教室が離れているようなので、顔を知らなくても不思議ではなかった。

「明日が楽しみね」

彼女は不敵に笑った。そしてふすまに手をかける。

「あと勝手にふすまを開けるの禁止だから。必ずノックをすること。急に開けられて変な姿を見られたくないし」

「それはお菓子をバリバリ食べて、だらけきっている姿のことかい？」

彼女の顔が引きつり、ふすまを勢いよく閉めようとする。

「ちょっと待て。まだ君の名を聞いていない」

彼女は首をかしげた。既に教えたものと思い込んでいたようだ。

「――トウコ」

彼女はそう言い残し、不思議な世界の扉を閉じた。

3

次の日、こっちの世界のトウコの存在を確認するため、教えてもらったクラスの教室へ向かった。幸か不幸か彼女は元気に生きていた。静かに読書をしており、昨日の彼女よりも表情がやわらかく別人のように見えた。休み時間、さりげなく廊下ですれ違ってみたが、僕のことを気にする素振りはなかった。こっちの世界のトウコは僕のことを知らないようだ。

放課後、彼女の後をつけた。すると解体中の家の前で立ち止まった。僕の家にも勝るとも劣らない古い家のようだ。

『実は解体中の家を見るのが趣味なの』ということはないだろう。しばらく眺めてから歩き出し、小さなアパートに入っていった。家族で住むにはとても狭そうに見えた。

自分の部屋に戻ると、既にふすまは開けられていた。もちろんノックなどしなかったのだろう。

「ずいぶん遅かったじゃない」

「少し調査に手間取ってね。とりあえずこっちの君は元気にしてたよ。そっちの僕はどんな感じだった?」

僕はふすまへ近づいて聞いた。

「残念ながら生きてた」

彼女は口をとがらせた。全然残念ではないのだが。

「こっちの君は小さなアパートに住んでいたよ」

「ストーカーみたいなことしないで」

彼女は猫のような瞳でするどく僕をにらんだ。

「調査のためだって」

「まあいいわ。でも変ね。これまでアパートに住んだことはないし、最近この家へ引っ越してきたところよ」

彼女は肩をすくめて話を続ける。

「私の家は本当に古くてね。ようやく建て替えることになったのよ。だからここは仮住まいってわけ。この街には賃貸物件が少ないから、見つけるのは大変だったみたい。ようやく見つかったと思ったら、別の家族もここを借りようとしてて、数秒差で契約を勝ち取ったらしいわ。少し遅ければ、小さくて部屋も狭いアパートに住むしかなかったそうよ」

「――僕もまったく同じ状況だ」

僕と彼女はお互い見つめ合った。

「ちょっと、詳しく教えなさいよ」

僕はうなずいた。話してみると、お互いここに引っ越した経緯は驚くほど同じだった。賃貸契約を勝ち取ったのが、僕の家族か彼女の家族かだけが異なっていた。契約できなかったこっちの世界にいる彼女の家族は、狭くて小さなアパートに引っ越すしかなかったのだろう。

「そんなつまらないことで世界が分岐するなんて」

彼女は頭をかかえた。ははは、と僕は笑った。

「どうやら、君の仮説はただの妄想だったようだね」

彼女の眉がぴくりと上がった。

「悪かったわね！」

彼女の手が振り上げられた。僕は飛んでくる手を避けようとふすまから距離をとった。瞬間、彼女は何かに跳ね返され仰向けに転がっていた。

「何なのよ、これ」

彼女はすぐに起き上がった。怪我はないようで僕はほっとした。

僕はゆっくりと隣の部屋へ手を伸ばした。するとちょうど境界で手が止まった。まるで透明な壁があるようだった。

「どうやらお互いの世界を行き来することはできないらしい」

「じゃあこのイライラをどこに持っていけばいいのよ！」

彼女は部屋のクッションをこちらに放り投げた。もちろん、クッションは跳ね返されるのであった。

4

最初のうち、僕たちはこの状況をなんとかしようと考えていた。だが解決策は見つからず、家の建て替えが終わるまでお互い我慢することにした。たった四ヶ月だ、と僕は思った。

宿題を見せて、という彼女の頼みを拒否したところ、またクッションを投げつけられた。

「こっちの世界の君はすごくおしとやかに見えるのに」

「誰だって学校では猫をかぶっているものよ。最初からだらけきった姿を見られてるし、今さら何もかぶる気にならないわ」

僕は温かいため息をつき、ふすまへ近づいて宿題のプリントを広げた。

「見せるのはだめだけど、教えることならできる」

彼女はプリントを持ち、さっと近づいてきた。

宿題を終え、彼女は仰向けに倒れ込んだ。僕は彼女へ声をかける。

「理想的な男の子との出会いってどんなのかな？」

彼女は起き上がり、にやりと笑った。

「気になる子でもいるの？」

「一般論として聞きたいだけだよ」

「とりあえず、ふすまから突然現れるのはだめ」

僕は笑った。彼女はしばらく考えてから、机の上から何かを取ってきた。それは一冊の本だった。有名なシリーズもののファンタジー小説だ。表紙にはこの街の図書館の蔵書であることを示すシールが貼ってあった。

「図書館で本を手に取ろうとしたとき、隣からすっと伸びてくる手がある。振り返るとそこにいたのは素敵な男の子。『君もこの本が好きなのかい？』と彼は言う。本が紡いだ出会いってわけよ」

「そんな偶然あるわけないだろう」

僕が笑うと彼女は顔を赤らめた。

「いいじゃないの！　じゃあシュンはどうなのよ？」

「そうだな……」

僕は腕を組んで考えてみる。

「ＤＶＤのレンタルショップで映画のケースを手に取ろうとしたとき、隣からすっと伸びてくる手がある。振り返るとそこにいたのは素敵な女の子。『あなたもこの映画が好きなの？』と彼女は言う」

「私とまったく同じじゃない」

彼女はくすっと笑った。

「君は本を読むのが好きなのかい？」

彼女はうなずいた。ふすまの先に見える本棚には、様々なジャンルの本がつまっていた。最近、彼女は先ほど見せてくれたファンタジー小説に夢中らしい。ただ、すべてをそろえるのは大変なので、よく図書館へ通っているそうだ。

「主人公とヒロインが放課後に異世界へ飛ばされるんだけど――」

彼女の演説はしばらく続いた。話が終わったころ、僕はそのシリーズについてこの街で彼女の次に詳しくなっていたと思う。

「さて、今度は僕のターンだ」

彼女の話に一区切りがつくと僕はにやりと笑った。僕は映画が好きで、よくレンタルＤＶＤショップに通っていた。僕は好きな映画の魅力について存分に語った。彼女はしばらくじっと聞いていたが、いつのまにか眠っていた。

たった四ヶ月だ、と僕は思った。トウコといられる時間はそれだけしか残されていない。僕はいつのまにかこの口の悪いルームメイトを好きになっていた。ふすまを開ければ彼女にいつでも会うことができた。だが僕たちは本当の意味で決して会うことはできなかった。

この気持ちをうまく解決するには、こっちの世界のトウコと仲良くなるしかなかった。幸い相談相手にはうってつけの女の子がいた。僕は今日彼女が話してくれたことを記憶に刻んだ。僕は「おやすみ」とつぶやき、ふすまをそっと閉じた。

5

休日、僕は借りていた映画を返すためレンタルＤＶＤショップへ行った。ちょうど楽しみにしていた新作がレンタルできるようになっていた。残り一本しかなく、借りられたのはラッキーだった。

帰り道、街の図書館の前を通りかかった。ふとトウコが夢中になっている本を読んでみようと思った。こっちの世界の彼女と仲良くなるきっかけになるかもしれない。

受付の端末で本がある場所を検索した。書架にたどり着くと、あのシリーズの本がずらりと並んでいた。ただトウコの部屋にあった巻は見あたらなかった。こっちの世界の彼女が借りているのかもしれない。

僕は本に手を伸ばした。すると隣からすっと伸びてくる手があった。振り向くとそれは猫のような瞳が印象的な女の子だった。

トウコだ。僕は思わずいつもの口調で話しかけてしまいそうになるのを、踏みとどまった。こっちの世界のトウコとは初対面なのだ。これは大きなチャンスだ。僕は記憶を検索し、ゆっくりと話しかける。

「君もこの本が好きなのかい？」

トウコは少し驚いた表情を見せ、顔を赤らめながらうなずいた。僕がシリーズの最初の巻を手に取ると、彼女は並行世界のトウコが借りていた巻の続きを手に取った。僕は今気づいたみたいに言う。

「間違っていたら申し訳ないけど、君って同じ学校の子じゃないかな？」

僕は簡単に自己紹介をした。学年とクラスを伝えると、彼女は再び驚いた。

「全然気づかなかった。教室が離れているからかな」

「僕がたまたま記憶に残っていただけだよ」

本を借りる手続きをし、僕たちは出口に向かってなんとなく一緒に歩いた。図書館を出ると、彼女は振り返った。

「また学校で会えるかもね」

「もしくは図書館で」

僕は笑って答えた。彼女は小さく笑い、小走りに僕から離れていった。僕は彼女の姿が小さくなるのをしばらく眺めていた。

家に戻ると、僕はふすまをノックした。

「何か用？」

トウコは部屋に寝転がっていた。手には本が握られていたため、足でふすまを開けたようだ。

僕は頭をかかえた。さっき出会った女の子の正体がこれだ。

「君が話してくれた本を図書館で借りたよ」

彼女は体を起こし、「へえ」と感想を述べた。ぶっきらぼうではあるが、その表情の中には喜びの感情が隠されていた。彼女が手にしている本を見ると、こっちの世界の彼女が借りたものと同じであった。世界は分岐しているが、それぞれ同じように進んでいるらしい。

並行世界のトウコが本を読み終えたタイミングで図書館に行くと、こっちの世界のトウコに会うことができた。何度か会っているうちに、僕は顔見知りから友達へと昇格した。僕はトウコの気を引くため、彼女が夢中になっている小説の魅力についてよく話した。

「私もその通りだと思う」

僕の言葉に彼女は驚いた。並行世界のトウコの受け売りではあったが、僕もすっかりこのシリーズを好きになっていた。

「デートで行きたい場所ってあるかい？」

そろそろこっちの世界のトウコをデートに誘ってみようと思い、並行世界のトウコに意見を求めた。

「とりあえず、ここのカフェでランチを食べて――」

彼女はおすすめのデートプランについて話した。こっちの世界の自分が誘われるとは思いもしないだろう。

「なんだが甘いものを食べてばかりじゃないか？」

「いや、ここは外せない」

プランはなんとかまとまった。トウコに礼を言うと、交換条件を求めてきた。

「前に話してくれた映画を見せてくれない？」

彼女は僕の話に興味を持ち、新作を借りようとしたがすべて貸出中だったそうだ。僕は部屋にあるプレーヤーとテレビをふすまへ近づけた。部屋の電気を消し、映画を再生した。彼女は僕の背中越しにテレビを眺めていた。まるで小さな映画館でデートしているようだった。

僕はプラン通りにデートを実行した。こっちの世界のトウコは喜んでいるようだったが、食べる量は控えめだった。並行世界のトウコだったら、お腹が痛くなるまで食べていたことだろう。

その後も並行世界のトウコにアドバイスを求め、何度かデートを続けた。

「私たちすごく気が合いそうね」

彼女はデートの度に言った。本人の希望通りなのだから当たり前のことだった。僕たちの仲は着実に深まっていったが、テストでカンニングをしているような複雑な気持ちになった。

「今日は古本屋に行かない？　いつも図書館であのシリーズを借りてるし、そろそろ手元に置いときたいんじゃないかと思ってね」

この前、並行世界のトウコが図書館で借りた本を読みながら「いつでもこのシリーズを読み返すことができればな」と言っていた。こっちの世界のトウコも同じ気持ちのはずだ。古本屋をめぐって安く手に入れようと提案したら、トウコは喜んで賛成してくれた。

街中の古本屋を駆けずり回ったおかげで、僕たちはシリーズの大半をそろえることができた。

『重たい荷物があれば、家の近くまで持つように』

並行世界のトウコの言葉が頭の中に響いた。僕は本を両手にかかえ、彼女を家まで送ることにした。

「実はちょうど家の建て替えをしててね。今住んでいるところは仮住まいなの。狭くて小さなアパートに家族ですし詰めだから疲れたわ」

「いつ建て替えが終わるんだい？」

「もう完成したみたい。週末引っ越す予定」

彼女は嬉しそうに笑った。並行世界のトウコとは違うやわらかい表情だった。

きっと並行世界のトウコの引っ越し時期も同じだろう。仮住まいに引っ越してから四ヶ月が経とうとしていた。それは並行世界のトウコとの別れを意味していた。

アパートの前に着くと、トウコは礼を言って本を受け取った。そのまま帰ろうとすると、彼女に呼び止められた。

「シュンは付き合っている人はいるの？」

「いないよ」

僕は首を横に振った。彼女は緊張した声で言う。

「それなら、私と付き合ってくれないかな？」

どこか予感していた言葉だった。とても嬉しいはずが、僕の口からは自分でも予想外の言葉がこぼれる。

「ありがとう。少しだけ考えさせてくれないかな」

彼女のことは好きだったが、僕は心のどこかで先へ進むのをためらっていた。彼女は僕の言葉にとても驚いていた。その場で良い返事をくれるものと期待していたのだろう。

「突然だったものね。ゆっくり考えてくれていいよ」

彼女は力なく笑った。僕は黙ってうなずくことしかできなかった。

6

「ついに家が完成したわよ。週末に引っ越しするから」

家に戻ると母は嬉しそうに言った。

引っ越すことを並行世界のトウコへ話すと、「実は私も」と答えた。

「ようやくこの不思議な生活も終わりだ」

僕は無理に明るく言った。だがそれは思った以上に暗い言葉となって辺りに響いた。彼女が力ない笑みを浮かべて言う。

「並行世界がつながっているのは、お互いの世界にほとんど違いがないからなんだろうね。でもこの先いろんな違いが出てくる。そしてまったく別の世界になってしまい、並行世界への扉は消えてなくなる」

彼女は世界の境界をなでるように手のひらを動かした。

最初は仮住まいの場所だけだった違いが、今ではどんどん増えている。こっちの世界で僕はトウコと知り合いになり、トウコは僕のことを好きになっていた。並行世界の僕とトウコの関係とは大きく異なっているだろう。

「並行世界がこんな簡単にできるなら、私たちの間に起こったことはめずらしくないのかもね。身近にある扉をそっと開けると、不思議な世界に出会うことができる」

彼女は言葉を区切り、小さく息を吸った。

「でも完全に分岐してしまうと、並行世界とつながっていたときの記憶は失われるんじゃないかな。友達と同じ思い出を話しているはずなのに、記憶の食い違いに驚くことはない？　もし単なる勘違いではなくて、並行世界でその友達と会って聞いた話が記憶の片隅に残っている
——そうだとしたらおもしろいね」

僕は彼女の妄想を笑うことはできなかった。世界の命運をかけた戦いではなく、賃貸契約の順番だけで世界は分岐したのだ。今まで忘れているだけで何度も分岐していたのかもしれない。

僕が抱いているこの気持ちも消えてしまうのだろうか。

「小説は忘れず全巻読むように」

「君こそ映画の新作は忘れずチェックしなよ」

僕たちはしばらく笑い合った。

「——さてと」

彼女は背伸びをし、猫のような瞳でするどく僕をにらむ。

「引っ越しの準備で部屋に荷物を広げるから、しばらくふすまを開けないでね」

「いつもちらかってるくせに」

僕は肩をすくめて言った。

「そこ、うるさいわよ」

トウコは勢いよくふすまを閉じた。世界の向こう側から「さようなら」と聞こえた気がした。


その日からトウコが荷造りする音が夜遅くまで響いていた。ふすまを開けなかったので話す機会はなかったが、まだ並行世界とつながっていることに少し安心していた。こっちの世界のトウコから受けた告白への返事はまだしていなかった。並行世界のトウコへの想いを解決しないことには、僕はどこへ行くこともできない。

引っ越し当日、仮住まいから荷物がどんどん運ばれていった。空っぽになった自分の部屋をクした。

見渡すと、ここで起こったことはすべて幻だったのではないかと思えた。僕はふすまをノッ
「トウコ、いるかい?」

しばらく待ったが、返事はなかった。僕はふすまをゆっくりと開けた。そこにはこちらと同じ空っぽの部屋があるだけで、トウコの姿はなかった。僕は隣の部屋へと手を伸ばした。手は部屋の境界を越えることはできなかった。不思議な世界とはまだつながったままだ。

「君のことが好きだ」

僕は誰もいない部屋に向かって言った。

「最初はなんて口の悪い女の子だ、とびっくりした。だけど話しているうちに不思議な心地よさを感じるようになっていった。そういう楽しい記憶の積み重ねが好きという気持ちに変わったんだと思う」

僕はこれまでトウコと話した内容を思い出そうとしたが、具体的に思い出すことができなかった。記憶に残らないようなくだらない話しかしなかったのだろう。楽しかったという想いだけが心に強く残っていた。

「だがこの恋は時間や場所に制限がありすぎた。家の建て替えが終われば引っ越さなければいけないし、毎日会えるけど君とどこかへ出かけることもできない。だから僕はこっちの世界の

君と仲良くなろうと思った。君のアドバイスは本当に参考になったよ。こっちの世界の君はとても喜んでくれた。本人がアドバイスしてくれたから当然か」

僕は小さく笑った。

「だけどこっちの世界の君と仲が深まるにつれて、僕は自分の気持ちが分からなくなった。おしとやかな君も決して悪くない。だが僕が好きになった女の子は、時にはクッションを投げつけてくるような口の悪い子なんだ」

僕は「さようなら」とつぶやき、ふすまに手をかけた。

すると、突然目の前にトウコが現(あらわ)れた。

「うわ！」

僕は思わず尻(しり)もちをついた。

「まったく、何やってるのよ」

彼女は顔を赤らめながら言った。

「なんでいるんだよ」

「いたら悪い？　ノックの音が聞こえたからふすまの陰(かげ)に隠れてたのよ」

境界を越えられない僕にとって完全に死角だった。もしのぞき込めていたら、彼女が隠れていることにすぐ気づいただろう。

「驚かそうとしばらく待っていたら、変な話がはじまったから出るに出られなくなったじゃない」

彼女は再びふすまの陰に隠れた。

「何隠れてるんだよ」

「顔を見ると恥ずかしいから」

トウコは小さくつぶやく。

「私も好きよ」

彼女が部屋を出ていく音が聞こえた。

しばらくの間、僕は誰もいない隣の部屋をぼんやりと眺めた。先ほど親は新しい家へと向かった。いつまでもここにいるわけにはいかない。

「――そろそろ行くか」

再びふすまに手をかけたときだった。隣の部屋が少しぼやけて見えるようになった。それに共鳴するように、ふすまの輪郭が二重になる。僕はこの家に引っ越してきた日の夜のことを思い出した。そうか、あれがすべてのはじまりだったんだ。

数秒後、部屋の様子は元に戻った。隣の部屋へゆっくり手を伸ばすと、難なく境界を越えた。不思議な世界への扉は、もう存在しない。

7

僕は仮住まいを後にし、建て替えられた家に向かった。新しい僕の部屋にはクローゼットがそなえつけられていた。念のためノックをしてから開けてみたが、どこにもつながっていなかった。

僕は部屋の真ん中で仰向けになり、並行世界のトウコのことを考えた。

『完全に分岐してしまうと、並行世界とつながっていた記憶は失われる』

彼女は言っていたが、記憶はまだ残っていた。やはり彼女の妄想だったのだろうか。あのときは忘れてしまうのが怖かったが、今は忘れられないことが怖かった。

瞬間、頭の中に不思議な記憶が流れ込んできた。

『あなたもこの映画が好きなの？』

ある日のレンタルＤＶＤショップ。楽しみにしていた新作がレンタルできるようになっていた。残りの一本を手に取ろうとしたとき、トウコとはじめて出会った。

『ねえ、今度映画を見にいかない？』

僕がレンタルＤＶＤショップに行くと、よくトウコと出会った。何度か会っているうちに、彼女からデートに誘われた。その映画は僕が見たいと思っていたものだった。すごく気の合う女の子がいるものだ、と僕は驚いた。

『ありがとう。少しだけ考えさせてくれない』

何度目かのデートの帰り道、僕はトウコへ告白した。その場で良い返事をくれるものと期待していたが、保留されてとても落ち込んだ。

どれも僕が経験していない記憶だった。これは並行世界の僕の記憶だ。僕と同じように、並行世界でトウコは僕との仲を深めていたのだ。

「隠れてこんなことをしていたとはね」

僕は思わず苦笑した。でもなぜ急に並行世界の記憶が流れ込んできたのだろうか。

もしかして、と僕の頭にある可能性が浮かんだ。

こっちの世界でトウコは僕に告白し、並行世界で僕はトウコに告白した。それぞれの世界で一方通行の告白になっていた。だが先ほど僕とトウコが自分の気持ちを話したことで、どちらの世界でもお互いが告白したことになった。

そしてどちらの世界でも、僕たちは仮住まいを出て新しい家に引っ越した。

「――こっちの世界と並行世界の状況は完全に一致している」

並行世界への扉が消えてしまったのは、お互いの世界が完全に分岐してしまったからだと考えていた。だが実際に起こったのは世界の統合だったのだ。流れ込んできた記憶がそれを証明している。

四ヶ月前、彼女の後をつけたときに立ち寄った解体中の家。そこに彼女がいるはずだ。僕は家を飛び出し、懸命に走った。

トウコの家へ近づくと、家の前に人影が見えた。それは猫のような瞳が印象的な女の子だった。

「遅い！」

「結構、頑張って走ってきたんだけどね」

僕は息を切らし、ひざに手をついた。彼女は僕をするどくにらんでいた。この表情、口の悪さは間違いなく並行世界のトウコだった。

「でも来てくれてありがとう」

トウコが嬉しそうに笑った。こっちの世界のトウコが見せるやわらかい表情だった。二人のトウコが僕の目の前に存在していた。

「ねえ、一つ確認しておきたいんだけど」

「なんだい？」

記憶というのはとてもあいまいだ。友達と共通の思い出について話していると、記憶が食い違っていることに驚く。お互い真実だと言ってゆずらないが、どちらかが間違っているのだろう。

『並行世界で友達と会って聞いた話が記憶の片隅に残っている』

トウコは言っていた。だが僕は少し違うと思う。記憶の食い違いが起こるのは、並行世界と統合された結果なのかもしれない。

「シュンから告白して、私が受け入れたってことでいいのよね？」

「違うよ。君から告白して、僕が受け入れたんだよ」

この先、分岐していたことを忘れ、また僕と彼女の間で世界が分かれることがあるだろう。デートの行先といったつまらない理由で起こるかもしれないし、進学先や就職先の違いといった重要な理由で起こるかもしれない。だがこの気持ちを忘れなければ、僕と彼女の未来は必ず交わるはずだ。

「まあいいわ」

彼女は再び微笑み、僕に向かってそっと手を伸ばした。

僕も彼女に向かって手を伸ばす。するとお互いの手のひらがぴたりと重なり、僕たちの間に境界が存在しないことを知る。

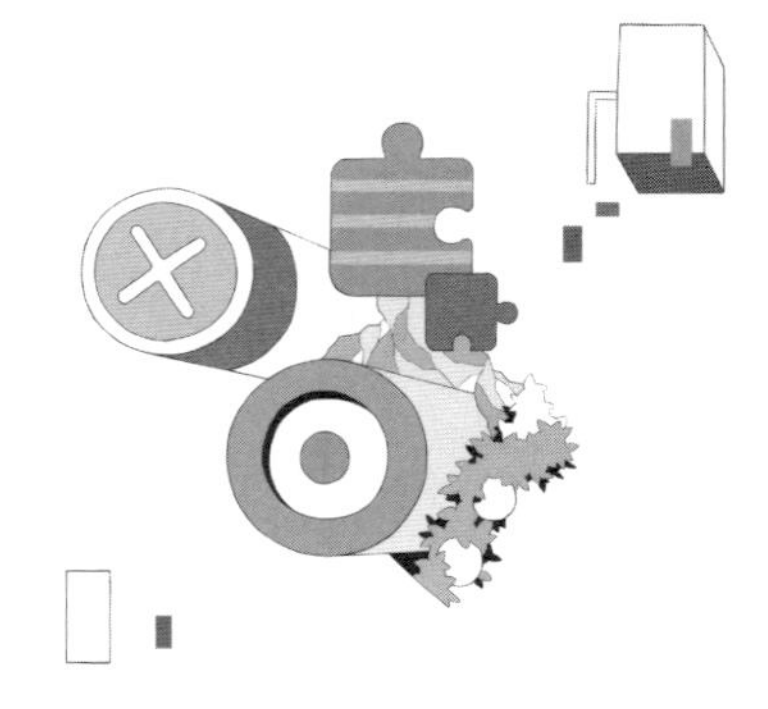

未来の私と待ち合わせ

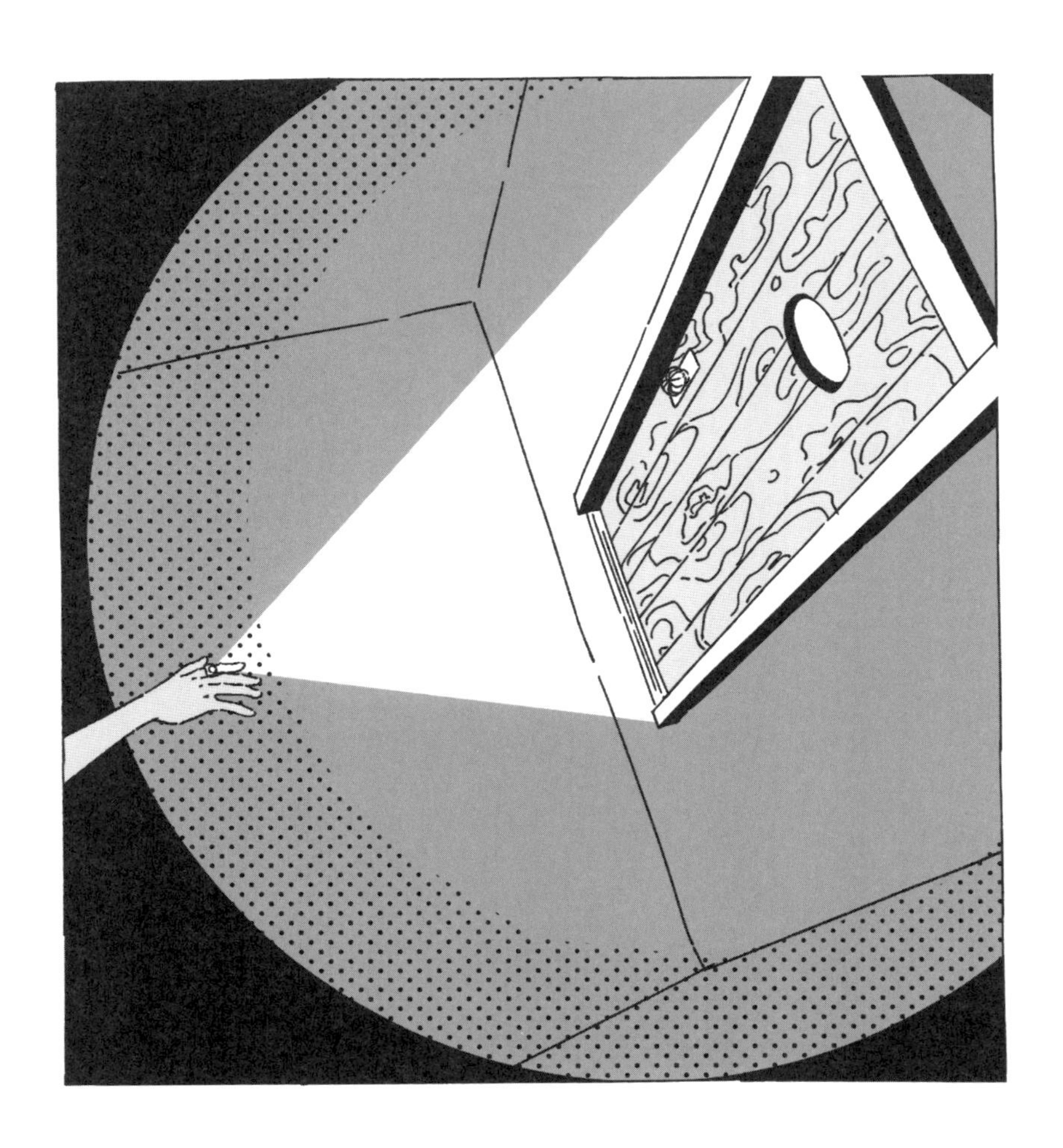

プロローグ

「みさきちゃーん！　こっちだよー！」

幼いころの記憶。

あたしの名前を呼ぶ幼馴染の声。必死に声を追う、五歳になったあたし。

「しーちゃーん、待ってよー！」

「こっちこっちー！　はやくー！」

「どこー!?　ねえ、しーちゃーん！」

声を追いかけることに夢中になっていたあたしは、曲がり角でおばあちゃんとぶつかってしまった。

「きゃ！」

「あら、ごめんねお嬢ちゃん。怪我はない？」

「うん、平気！　おばあちゃんはだいじょうぶ？」

ニコニコと微笑むおばあちゃんは、笑顔のままでうなずいた。

「平気よ、ありがとう。嫌ね、おばあちゃん歳を取っているから、あなたをよけられなかったの。

「ううん。あたしの方こそ、ごめんなさい！」

「あらあら、お行儀がいいのねぇ。そうだ、良い子のあなたにこれをあげるわ」

「ん〜？　これ、なあに？」

おばあちゃんが差し出したのは、太陽の光を浴びてきれいに輝く指輪だった。

「とってもいいものよ。きっと、あなたにとって大切な宝物になるわ」

「でもあたし、お母さんに知らない人から物をもらっちゃ駄目って言われているの」

「そうなの。でもね、私はあなたを知っているのよ、川西美咲ちゃん」

「え？　どうしてあたしの名前を知っているの？」

「だから、はい。受け取って」

そう言って、おばあちゃんはあたしの手にそっと指輪を潜り込ませる。

「でもお母さんが……」

「美咲ちゃん、お母さんのこと、好き？」

「うん、大好き！」

「それじゃあね、おばあちゃんのお願いをひとつ聞いてほしいの」

「お願い？」

微笑んでいたおばあちゃんが真面目な顔をして、悲しそうな目で言った。

「今日はね、出来るだけ早くおうちに帰ってほしいの。おうちに帰ってお母さんを手伝ってあげて」

「手伝う？　お母さんのお手伝いするの？」

「そう。きっとね、お母さんは今、とっても困(こま)っているわ」

「でもお母さん、夕方まで遊んできていいって……」

「きっとよ。どうかお母さんを手伝ってあげて。良い子だから」

おばあちゃんが、そっとあたしの髪(かみ)をなでた。

「うん。しーちゃんとバイバイしたら、すぐ帰るね」

「しおりちゃん、懐(なつ)かしいわね」

しーちゃんの名前まで知っているおばあちゃんに、あたしはびっくりして聞いた。

「おばあちゃん、しーちゃんも知っているの？」

「少しだけね。おばあちゃんはあなたのこと、なんでも少しだけ知っているのよ。それじゃあ、おばあちゃんはもう行くわ」

「うん！　おばあちゃん、またねー！」

「ええ、またね。美咲」

あたしに背を向けて、おばあちゃんが通りの脇道に去っていく。

「みさきちゃーん？」

「あ、この指輪、結局もらっちゃった……」

慌てておばあちゃんを追いかけて通りを曲がったが、そこにはもうおばあちゃんの姿はなかった。

「みさきちゃん、どうしたの？」

「あ、ううん。なんでもないの。公園いこっ！」

しーちゃんの声に振り返り、公園へ向けて駆け出した。指輪のことは気になったけど、おばあちゃんがいなくなってしまった以上どうしようもない。

そして夕方、公園でしーちゃんと別れたあたしはひとりで家に帰った。

「ただいまー！　おかあさーん！　あれぇ、お母さん？」

勢いよく玄関のドアを開け、家に入る。いつもなら笑顔で出迎えてくれるお母さんの姿がどこにも見当たらない。あたしはお母さんを探してキッチンまで歩いた。

「お母さーん？　どこにいるのー？」

台所の蛇口から水の流れる音が聞こえた。お母さんはキッチンにいるようだ。

「お母さん、美咲、今日ねー。……お母さん!?」

「う……ん、み、さき……？」

キッチンに駆け込むと、お母さんがシンクの前で床に倒れ込んでいた。

意識がはっきりしていないのか、近づいて頭を支えると、お母さんの首はフラフラと揺れている。

「お母さん、どうしたの!?」

「なんでもないから。ちょっと、具合が、悪いだけ……」

「お母さん!?　しっかりして！　お母さーん！」

薄目を開いていたお母さんのまぶたが閉じられる。

あたしが何度呼びかけても、お母さんは目を開かない。

大急ぎで救急車を呼んだけれど、結局それっきりお母さんはもう二度と目を覚ますことはなかった。

第一話

スマートフォンの振動音で、意識が夢から現実に引き戻される。

重たいまぶたを持ち上げるように目を開くと、見慣れた自室の天井があった。

「う、ん……？　あれ、あたしいつの間にか寝ちゃってたの？　時間は？」

壁の時計は午前零時を指していた。

お風呂から出て髪を乾かしたあと、クッションに横たわってうたた寝している間に、日付が変わってしまったらしい。

八月十六日。真夏の蒸し暑いこの日が、あたしにとっては特別な日だ。

それなのに、よりにもよってあのときのことを夢に見るなんて。

「あ、そうだ、電話……お父さんから？　留守番メッセージが入ってる」

着信は、海外赴任しているお父さんからのものであった。

あの日――。

お母さんがいなくなってしまったあの日から、お父さんはうちを避けるように単身赴任を繰り返していた。

「もしもし、美咲。もう眠っているのかな。こんな夜遅くに電話をしてしまいすまない。そっちはそろそろ日付が変わるころだろうと思って電話したんだ。美咲、十五歳の誕生日、おめでとう。プレゼントも昨日送っておいたから、近いうちに届くだろう。気に入るといいのだけど。何か困ったことがあったら、なんでも言ってくれ。出来る限りのものは用意する。不自由させないようにするから。おっと、もう行かないと。それじゃあまた電話する。……愛しているよ」

プツン、と音を立てて録音の再生が終わった。

あたしはスマートフォンから耳を離すと、家族の写真が飾られた本棚を見た。

「愛しているよ、か」

（うん、わかってる。お父さん、あたしちゃんとわかっているよ。でも……）

五歳の夏の、誕生日からほんの数日後のあの日。

お母さんが倒れて帰らぬ人になってから、あたしの家は変わってしまった。親子三人の暮らしはお父さんとあたし二人だけの生活になり、元々仕事一筋のお父さんは、まるでお母さんの記憶から逃げるように海外へと転勤していってしまった。

近所の親戚に預けられていたあたしは、中学生になると同時に無理を言って生まれ育ったこの家に戻ってきた。

小さなころは、お父さんを憎んだこともあった。

お父さんに捨てられたと絶望したこともあった。

それでも毎年のように届くプレゼントや電話には、口下手で不器用なお父さんが一生懸命に思いを込めてくれていて、幸いにもあたしはお父さんの愛情に気付くことが出来た。

お父さんは、あたしを愛していないんじゃない。

ただお母さんがいない空間で一緒に暮らすうえで、たったひとりの娘と上手に関わっていけるほど器用ではないだけなのだ。

あたしとお父さんの距離は、海を隔てた今くらいがちょうどいい。

お父さんと一緒に暮らすのはきっと、あたしがもっと大人になってからなのだろう。

でも、それでもあたしは毎年思うんだ。

(ねえ、お父さん。あたしが欲しいのはプレゼントじゃないの。遠く離れた場所からの電話でもないの)

すぐ近くで、一緒に食卓を囲みたい。おめでとう、って言われて、ジュースで乾杯して料理を食べて、ケーキを切って笑い合いたい。

あたしの望みは、それだけなんだよ。


キィン、と金属がぶつかり合うような音がして、あたしは伏せていた顔をあげた。

机の引き出しのほうから音が聞こえてくる。かすかに明かりがもれているようだ。

「なんだろう？　あんなところに光るものなんて入れてないけど」

引き出しを開けると、そこにはかつておばあさんから渡された指輪があった。

「これ、ずっと前におばあさんにもらった指輪？　今光っていたような……気のせいかな。何回見てもきれいな指輪。あの人、どうしてあたしにこれをくれたんだろう？　あのとき、お母さんを手伝ってあげてって言っていた、不思議な人……」

あの時、知らないおばあさんに言われた通りにまっすぐ家に帰っていたら、何か変わったのだろうか。お母さんは、助かっていたのだろうか？

出来ることなら過去に戻って、あの出来事を変えられないだろうか。

「……そんなこと、出来るわけないいか」

あたしのつぶやきに応えるように、もう一度指輪が光を放った。

「きゃ！　この指輪、やっぱり光ってる⁉　何、これ？　光が壁に当たって——」

指輪が放つ光は、まっすぐに部屋の壁にぶつかっていく。そして光の当たった壁から、ゆっくりと浮かび上がるようにして一枚の扉が現れた。

木目が浮き出ていて、ノブが金色の扉。

「さっきまでただの壁だったのに……この扉、なんだろう？　開けてみて平気かな」

ドアノブに手をかけて、ゆっくりと押す。すると、あたしの身体はするりと吸い込まれるようにドアの向こう側へと放り出された。

第二話

「いったぁ～い！　なんで急に引っ張り込まれちゃったの？　ここ、どこだろう？」

顔をあげたあたしの耳に、クラッカーの弾ける音が飛び込んできた。

「きゃああ!?」

「お誕生日、おめでとー！　川西美咲ちゃん！　きっと来ると思っていたわ」

扉の向こう側は見慣れたあたしの家ではなく、白いフローリングの上にカラフルなテーブルが置かれた部屋だった。あたしはそのテーブルの前でわけもわからず尻もちをついている。

そしてテーブルの向こう側、あたしとちょうど向かい合う位置に、髪を茶色に染めたボブカットの女性がいた。

大きな瞳も目元のほくろも口元も、どこか見覚えのある顔をしている人だ。

「どうしてあたしの名前を？　ここはいったいどこですか？」

「いいからいいから。さぁ、こっちに来てここに座って！　誕生日パーティの準備は万端よ！」

「でも知らない人に急にそんな、パーティって言われたって」

笑顔の女性が椅子を引き、あたしに強引に座るように促した。

「あの、ちょっと困ります。それにここはどこ？」

「んもうかたいなぁ、美咲は。私も十五歳のころはこんなんだったっけなぁ？　うーん、若いなぁ〜いいなぁ〜。それじゃあ説明するから、とにかくまずは座って」

「は、はい」

あたしがおずおずと椅子に腰かけると、女性は様々な書類が積みあがった棚のはしっこに手を伸ばす。

「さてと、どこから説明したらいいかなぁ。まずはこれを見て」

そう言って、女性がスマートフォンらしきものをあたしに差し出した。

「これは、スマートフォンの設定画面？　端末利用者名が……川西美咲!?　字まで一緒」

「そりゃあ当たり前よ。なんてったって私は、十年後のあなたなんだから」

「十年後のあたしって、何を言ってるんですか？」

「いいから、今度はここを見て。あとこっちね」

戸惑うあたしに、女性はスマートフォンを操作して次々と数か所を指さしていく。

「カレンダー？　誕生日まで、あたしと一緒……。それに、二〇二九年!?」

「そう。今は二〇二九年で、ここは私が住んでいる部屋。スマートフォンは電波による自動設定で常に正しい日時を刻んでいるわ。これでちょっとは信じてくれた？　私は未来のあなた……のひとつの可能性、かしらね」

「未来の、あたし？」

信じられなかった。

とつぜん様々な証拠を見せられ、混乱している自分がいた。

本当に、未来のあたし――？

疑う気持ちももちろんある。だけど、彼女の目鼻立ちに見覚えがあったのは、あたし自身にそっくりだからだということに気が付いた。

「確かにお姉さん、あたしにすごく似てる」

未来の自分と名乗る彼女が、あたしの指にはめられている指輪を指さして言った。

「その指輪にはね、どういうわけか十年先の自分に会いにいける、不思議な力が宿っているの。五のつく年齢のとき、例えば十五歳とか二十五歳とかね。そういうときの誕生日から一週間だけ、こうして時間を越えさせてくれるのよ。わかった？」

「話の意味はわかります。でも、そんなの急には信じられません」

「そうよねぇ、じゃあ次はテーブル全体を見て」

女性が両手を広げるようにして言った。

そこには豪勢な料理や飲み物がずらりと並んでいる。

「はあ。とっても、美味しそうですね」

「これ見てさ、何か思わない？」

「えっと、お料理に、ケーキに、ジュースに……ケーキの上には誕生日のプレート。あっ、これってもしかして！」

「そう。あなたが思い描いていた、バースデーの過ごし方よ。プレートには『Happy Birthday　美咲』。こんなの、他人には用意出来ないわ。そうでしょ？」

次から次へと起きる信じられない出来事に、あたしは両手で頭を抱えてしまう。

「それはそうかもだけど、でもでも！」

「あーもう、本当にかたいなぁ美咲ちゃんは。ほら、そっちのお皿取って！　ケーキを切るわよ」

「え、ええええっ!?」

「私、あなたと一緒にバースデーを祝うために、晩ご飯抜きで待ってたんだから！　色々と話すのは後よ、後。まずはご飯にしましょ！　いっただきまーす！」

「い、いただきます」

押しの強いこの女性――。

未来のあたしと名乗る人に勧められるまま、あたしは食卓に向かった。食事中に彼女の話す思い出話は、なぜかあたしの知っていることと奇妙なほどに一致していた。

家族のこと、友人のこと、学校のこと。

彼女はまるで見てきたかのように、すべてを知り尽くしていた。

これは、いったいなんなんだろう。

本当にこの人は未来のあたし……そんなこと、あるはずない。それでも——。

「で、これが昨日の日付の新聞でしょ。これファッション誌。こっちは折込チラシね。どう？二〇二九年の日本を認める気になった？」

「はい……確かにこんなもの、わざわざたくさん作らないですよね」

「でっしょー！　それとね。敬語とかいらないから。私が私に遠慮とかしないでね」

「ええっ!?　でも、初めて会った人に……」

「これだけ証拠を見せても、まだ私が未来の自分だって信じ切れてないわけ？　なんなら明日あたり、もう十年先の未来に一緒に行ってみる？」

思わぬ申し出に、あたしは首をかしげてしまう。

「もう十年先の未来？」

「そう。あなたが扉をくぐれば、二十五歳の私の部屋にでる。じゃあ、私が扉をくぐったら、どうなると思う？」

「あっ、もしかして三十五歳のあたしのところに？」

「そういうこと。私と一緒に扉をくぐれば、あなたもその世界に行けるってわけ」

十年先、二十年先、さらにその先のあたしの未来――。

見てみたいような、やっぱり信じられないような。

「あれー、その顔はいまいち信じてないなぁ？」

目の前の女性――自称二十五歳のあたしが顔色をうかがうようにあたしの顔を見つめる。

そのしぐさが、あたしのすねたときにそっくりだった。その顔を見て、なんだか妙に腑に落ちてしまったのだ。

「本当に、あたしなんですね」

「信じてくれるんだ。それならもうここからかたいお話は抜きよ！　今日は大切なバースデーでしょ。面倒くさい話はやめて、残りのケーキ食べましょ！」

「ええ～！　今から!?　もうお腹いっぱいです、ううん、お腹いっぱいだよー」

あたしが言葉を崩すと、二十五歳のあたし――美咲さんは嬉しそうに微笑んだ。

「ケーキは別腹！　よーっし、ワインも開けちゃうかー！」

「ワイン!?　あたしは飲まないからね！」

「なぁに～？　十五にもなって美咲ちゃんは飲めないわけ～？　お子ちゃまなのねー。そういえば、彼氏はいるの？　ほら、Ｂ組のさ」

気になっている男の子の話を持ち出され、料理の味がとたんにわからなくなってしまう。その様子を見て彼女は嬉しそうに、そして懐かしそうに笑う。

あたしと未来のあたしが過ごす時間は、あっという間に過ぎ去っていった。

第三話

閉ざされた視界。スズメの声。

重い頭を横に倒して、あたしはうなった。

「うう、ん。無理、もう食べられない」

ごろんと寝返りをうったあたしの横顔に、太陽の光が降り注ぐ。まぶたを通しても眩しい明かりに、あたしはハッと息を飲んで身を起こした。

「朝!?　いっけない遅刻！　って今は夏休みか。……未来のあたし、か。変な夢を見ていたのかな」

かすかに、金属音が耳に響いた。音を追うように自分の右手の人差し指を見ると、そこにはあの指輪がはめられている。

「この指輪、いつの間に人差し指に？　机の引き出しに置いておいたはずなのに」

ベッドから身を起こすと、一枚の封筒がハラリと床に落ちた。

「なにこれ、手紙？」

宛名は『十五歳の私へ』。

あたしは急いで封筒を開き、手紙を取り出した。

『お誕生日おめでとう、美咲ちゃん！　これから一週間、よろしくね。私に会いたくなったらいつでもいらっしゃい！　いつだって、大歓迎なんだから！

二十五歳のステキなあなたより』

「この手紙。昨日のこと、ほんとに夢じゃなかったんだ。あたし、二十五歳のあたしと出会って食事をして……」

未来の自分と会うことの出来る指輪。

そんなもの、理屈では信じられない。

けれど、この手紙は――。

ひとりで考えていても、答えは出そうにない。もう一回、同じことをしてみるしかない。もう一度、未来のあたしに会いに。

指輪の光に導かれるように、部屋の壁際に立つ。

指輪からまっすぐ伸びた光が、昨日と同じように木製の扉を浮き上がらせていく。

「あのときは扉を開けた瞬間吸い込まれるみたいに……こうかな？」

ノブを回し扉を開ける。少しずつあたしの身体が扉へと吸い込まれていった。

「ちゃんと昨日と同じ未来に行けるかな。身体が扉のなかに……よし！」

あたしは思い切って扉の向こう側へジャンプした。真っ暗な空間を通り過ぎて足が地面についたとき、あたしは昨日訪れた部屋のテーブルの前に着地した。

「やった、通れた。ここは昨日の部屋よね。二十五歳のあたしはどこだろう？　あのー！　もしもーし！　うーん、未来の自分って、なんて呼べばいいんだろう。あのー、美咲さーん!?」

昨日の晩餐の名残が散らかったままの部屋に、美咲さんの姿はない。辺りをきょろきょろと見回していると、不意にあたしが通ってきた扉がガチャリと開いた。

扉の向こう側から、驚いた表情の美咲さんが現れる。

「あ、美咲……来ていたのね」

昨日とは打って変わって低く沈んだ声。

あたしは彼女のあまりの変貌ぶりに戸惑ってしまう。

「えと、昨日のことが夢じゃないかって気になって、それで、あたし……」

「ふふっ、昨日のことは夢じゃないわよ。安心して」

そう言って椅子に腰かけた美咲さんが、手を組んだまま重たげに口を開いた。

「……あのね、悪いんだけど今日はこのまま帰ってくれる？」

「そんな、せっかく来たのに。今日は忙しいの？」

「そういうわけじゃないけど……。明日、気持ちの整理がついたら話すから、今日はごめんなさい。このまま帰って。どうせ、あなたはずっとここにいることは出来ないんだし」

「ずっとはいられないっていうと？」

「詳しくは私もわからないんだけど、未来の世界にはあんまり長くはいられないのよ。せいぜい一日二、三時間ってとこかしら」

「一日に、二、三時間……？」

初めて聞く話だった。

言われてみれば昨日、いつ自分の世界に帰ったか思い出せない。

「私も十五のときに何度か経験したのよ。未来の自分といるのが楽しくってさ。でも、どうしてもずっと居座ることは出来なかったわ。急に眠気に襲われて、気がついたら元の世界。自分の部屋のベッドで眠っていたわ」

「そうなんだ。そういえば、あたしも今日は気がついたらベッドの上にいたっけ」

「まあ、本来自分がいるべき場所じゃあないからね。何かしら無理があるのかもしれないわね。とにかく、今日はごめんなさい。また明日会いましょう」

「……はい、なんだか、こっちこそ申し訳ありません」

「砕けた口調のままでいい。悪いのは私なの、今余裕がなくて。それも明日話すから」

あたしは沈み込んでいる美咲さんに目を向ける。暗い瞳が、そっと閉じられた。「それじゃあ」と声をかけて、あたしはもと来た扉を開き、なかに飛び込んだ。

自分の部屋に降り立つと、あたしは彼女の暗く沈んだ表情を思い出す。

あの扉から出てきたということは、彼女も未来に行っていたのだろうか？

二十年先、三十五歳のあたしになにか衝撃的なことがあって、それでショックを受けていたとか――。考えても答えは出るはずもなく、あたしは身の置き所がないような気持ちでそわそわと一日を過ごした。

第四話

そして翌日。

不安な気持ちを抱えながら再びあの扉をくぐり、未来の世界へ飛び込んだ。

「やっぱり来たのね。昨日は取り乱しちゃってごめんなさい。こっちに来て座って」

テーブルの前に降り立つと、美咲さんが待ち構えていて椅子を指さした。

あたしは緊張を隠すことが出来ず、硬い表情で椅子に腰かけた。

「長くなるけど……話しても、いい？」

「はい」

「まず最初に伝えなきゃいけないのは、未来の自分とこうして会えるという現象は不思議だけれど、その未来はひとりひとり違うのよ」

「同じ自分なのに、違う？」

「ええ、そうよ。私が十五歳のとき、私は未来が知りたかった。だから、十年先、二十年先、三十年先。未来の自分たちと一緒にずうっと未来の私の所まで、扉を越えて会いにいったことがあるの。そこで知ったことなのだけどね。未来の自分は皆同じ人生を生きるわけではないのよ」

「そうなの？」

未来の自分が同じ人生じゃない。奇妙な話に首を傾げるあたしに彼女はうなずいてみせた。

「ええ。二十五歳の自分が結婚して子供もいたのに、三十五歳の自分は独身で、四十五歳の自分は結婚していても子供はいない。そんな風に、皆歩む道は違うのよ」

「おんなじ人間なのに、不思議……」

「きっと、少しずつ何かが変わっているのね。些細なことでも、後々それが大きな変化となって人生を変えていくんじゃないかしら。例えば、ふと帰り道に寄り道をして出会った人間が、未来の結婚相手になるのかもしれない。なんとなく吸い始めた夕バコで、生活が変わるかもしれない。ほんの一本、乗る電車が違ったことが変化になるのかもしれない」

「同じ川西美咲でも、皆違う未来を歩むんだ」

同じ自分。未来の自分。十年先、二十年先の川西美咲。

そのなかには、様々な可能性が秘められていて、皆歩む道が違う。

眩暈を起こしてしまいそうな話に、あたしは頑張って頭を整理してついていく。

「少し話を戻すわね。今言ったみたいに未来の自分は皆生き方が違うの。それで私が十年前、ずっと未来の自分まで会いにいったときのことよ。いくつかの未来を経て、会いにいく私も高齢に差し掛かったときね。一緒に次の未来に行こうと誘うと、高齢の彼女が首を左右に振って言ったのよ。私はもう未来へは行けないってね」

「えっ、それってどういう意味!?」

「私たちも皆で聞いたわ、それはどういうことかってね。未来の私は答えたわ。私の扉の先に未来はなかったってね」

「未来はなかった？　それならそのひとは、扉をくぐってどこに行っていたの？」

「過去よ。ずっと昔、二〇〇九年の世界に行っていたって言うの」

「二〇〇九年……。あたしたちが五歳のとき。どうしてそんな時代に？」

「高齢だった彼女と別れてひとつ前の未来に戻ったあと、私たちもそれについてずいぶん話し合ったわ。そのとき、あるひとりが言った。指輪を渡してくれたおばあさんを覚えているかって」

五歳の夏の日。不意にあたしは思い出した。

しーちゃんに呼ばれて曲がり角を曲がったとき出会った、不思議なおばあさんを。

「えっ、それってまさか」

「きっとね、十年先の命がない私は過去に行くのよ。そして五歳の自分に持っていた指輪を託す。この指輪はずっと、未来と過去の自分たちをつないでいるのよ」

美咲さんは自分の指につけた指輪を見つめて、息をついた。

「昨日、私はこの指輪をつけて未来の自分に会いにいこうとした。扉をくぐったとき、どこに出たと思う？　過去に取り壊されたデパートだったわ。小さなころの私が、よく両親に連れていってもらった場所。今はこのアパートになっている、その場所よ」

「それじゃ、美咲さんは!?」

「私に十年後の未来はないってことでしょうね。本来なら、指輪は未来の私がいる場所につながっているはず。それなのに、私の扉がつながったのは今いるこの場所の過去の土地。つまり私に扉の先の未来はないってことよ。私の寿命は今日なのか、三十四歳の最後の日なのかはわからないけれど」

「そんな……」

あたしが言葉を失っていると、美咲さんが弱々しく微笑んだ。

「あなたがへこむことはないわよ。私だって、こんなに早く過去に行く自分なんて今まで会ったことないもの。あなたはきっともっと長く生きることが出来る。せいぜい健康に気を付けてね。私は、残された時間をどう過ごすか考えることにするわ」

両手を組んでうえに上げた美咲さんが「あーあ」と声をもらして大きく伸びをする。そして自嘲気味に言った。

「お母さんのお墓参りにでも行こうかな。もうすぐそっちに行くってね」

「お母さんの、お墓参り。やっぱりお母さんは……」

「五歳のときに亡くなっているわ。体調が急変して倒れちゃってね」

「あたしのお母さんも、そうだった。誕生日から二日たったあの日、急に――」

言いかけた所で、あたしは違和感に気が付いた。

未来は皆少しずつ違うというのに、過去はすべて同じなのだろうか？

未来のあたしたちが皆違うなら——もしかして、お母さんが助かる未来だってあるんじゃないだろうか。

未来は変わる。それなら、二十五歳のあたしが行く未来である場所——過去も、変えることが出来るんじゃないだろうか。

「美咲さん！」

「ん？　どうしたの、急に大きな声だして」

「美咲さんが指輪を使って過去に行くことが出来るなら、もしも、未来や過去を変えられるのなら、お願い！　あのときの五歳のあたしに会いにいって！　五歳のあたしを無理やりにでも家に連れて帰って、お母さんを助けてあげて！」

「っ!?　あのときの私に会って、お母さんを？」

「今までのあたしはきっと長生きして、お母さんが亡くなっちゃうのも全部人生って割り切っちゃっていたのかもしれない。でも、あたしはそんな風には考えられない！　あのときあたしがまっすぐ家に帰っていればって、今でもずっと後悔してる！　この気持ちは、消すことなんて出来ない。違う世界に生きるあたしに、こんなつらくて悲しい思いをさせたくないの！　だからあのときの、五歳のあたしを救ってあげて！」

美咲さんが驚いた顔であたしを見つめている。

あたしの十年間積もっていた後悔の気持ちが、堰を切ったようにあふれ出した。

「五歳の私を、救う――」

「どんなに頑張っても、過去は変わらないのかもしれない。お母さんはあのとき亡くなってしまう運命なのかもしれない。でも、あたしの未来が皆違うのなら、お母さんが生きている未来だって、きっと作れるはず！　悲しい未来しかないなんて、そんなの絶対にいやなの！」

「運命を、変える……。私はいつ死ぬかもわからないっていうのに、ずいぶんと言ってくれるわね。ふふっ、自分のことで精一杯だっていうのに、過去を変えるために行け、か」

「ごめんなさい。でも」

言いかけたあたしをさえぎるように、美咲さんが手を伸ばした。

「行くわ」

「えっ!?」

「いいわよ。過去に行ってやるだけのことはやってみる。五歳の私を連れてまっすぐ家に帰り、救急車でもなんでも呼ぶ。それでいいんでしょう」

「美咲さん、あたしのわがままを聞いてくれるの？」

「五歳の私も、ほかでもない私だからね。他人のために何かをする義理もないけれど、一応はあの子も自分。ちょっとは明るい未来ってやつのお手伝いをしてあげることにするわ」

そう言うと美咲さんは椅子から立ち上がり、壁に向かって歩き出した。

「美咲さん、今から行くの!?」

「ええ。なんせいつ死ぬかわからない身なんでね。出来ることは、出来るうちにやっておく。じゃあ行くわ。あのときのつらい思いを、違う世界の五歳の私に味わわせたくないもの」

美咲さんの言葉に、あたしは急いで椅子を立つと彼女のとなりに並んだ。

「あたしも行く。これはあたしが言い出したことだもん。お願い、一緒に行かせて!」

「物好きな子ね。いいわ、行きましょう。指輪をつかって扉を通るから、しっかりつかまっていて」

「絶対、お母さんを助けようね!　五歳のあたし、それにお母さん。待ってて、今行く」

「行くわよ」

美咲さんが、指輪の光を受けた扉に手をかけた。

あたしたちはあっという間に扉の向こう側へ飲み込まれていった。

第五話

ゆっくりと目を開く。となりに美咲さんが立っている。

周囲には、彼女が言っていた取り壊されたはずのデパートの光景が広がっていた。

「ホントだ。あのころのデパート」

「五歳の私が遊んでいた公園もそう遠くはないわ。行きましょう」

「あの日、お父さんは出張に出ていて、家にはお母さんひとりだった。あたしは公園でしーちゃんと遊ぶのに夢中で……」

「そして公園に向かう途中で、おばあさんにあった。そこまで急ぎましょう」

美咲さんとともにデパートを駆けて、出口を飛び出した。

お互いかって知ったる道、案内は必要なかった。二人で通りを走っていると、通りの向こうから懐かしい声が聞こえてきた。

「しーちゃーん、待ってよー！」

「美咲さん、今の声！」

「あっちから聞こえたわ。急ぎましょう」

「五歳のあたしには、お母さんのことどうやって説明するの？」

「まかせて。私がうまく話をするから」

曲がり角を右に進むと、小さな背中が見えてきた。五歳のあたしの、ちっちゃな姿。

「いた、あそこ！」

「しーちゃんどこー？」

一生懸命しーちゃんを探す子供のあたしに、美咲さんが優しく声をかける。

「美咲ちゃん、よね」

「ふえ？　お姉ちゃんたち、だあれ？」

「私たちはあなたのお母さんのお友達よ。これからお母さんに会いにいくところだから、一緒にお母さんのとこに行きましょう？」

「あたし、これから公園でしーちゃんと遊ぶんだよ？」

「お母さんね、ちょっと風邪を引いちゃってね。美咲ちゃんにすぐ来てほしいって言っているのよ。だから、おうちまで行きましょう」

美咲さんの言葉に、五歳のあたしが戸惑った。

「でも、知らない人についていっちゃいけないって」

「美咲ちゃんは、おうちまで一番先頭で走っていってくれればいいのよ。美咲ちゃん。お母さんのこと、好き？」

「お母さん？　うん、大好きだよ！」

「じゃあ、お願い。一緒におうちに行こう？」

「……うん、わかった。あたし、おうちに帰る！」

大きくうなずいた五歳のあたしの頭を、美咲さんがそっとなでる。

「良い子ね。お姉ちゃんたちを案内してくれる？」

「うん！　こっちだよ！」

「よし、行きましょう！」

五歳のあたしの背を追いかけるように、あたしと美咲さんも走り出した。

やがて見慣れた一軒家が見えてくる。今とあまり外観は変わらない、あたしの家。

少女がカギを取り出して、玄関の扉を開いた。

「ここがおうちだよ。ただいまー！　おかあさーん？」

「お母さんはきっとキッチンよ、行きましょう」

「あ、待って！　なんでお姉ちゃんたち、キッチンの場所を知ってるの？」

「あのときは、この奥で倒れていて……いた！　お母さん、しっかりして！」

キッチンに倒れているお母さんを、美咲さんが抱きかかえた。

「凄い熱……」

「お母さん。どうしたの!?」

「動かしちゃ駄目。美咲、救急車急いで！」

「ええと、一一九番……あ、圏外!?」

「スマートフォンが使えるわけないでしょ！　家の電話を使うの！」

「あ、そっか！」

あたしは急いで玄関脇の固定電話に手を伸ばす。三回数字を押す時間さえも惜しかった。受話器の向こうから「火事ですか？　救急ですか？」と問う声が響いた。

「救急です、母が倒れてしまって！　住所は……」

あたしたちがお母さんを囲んで声をかけ合っていると、すぐにサイレンの音が近づいてきた。美咲さんが玄関から救急隊員を招き入れ、お母さんが担架で運ばれていく。五歳のあたしが大慌てでそれを追おうとした。

「お母さん！　しっかりして！」

「美咲ちゃんはお母さんと一緒に救急車に乗って病院へ行って！」

「お姉ちゃんたちは!?」

「お父さんに連絡したり、おうちの戸締りをして待っているわ。お母さんが元気になるように、近くにいてあげて」

美咲さんがそう言って五歳のあたしの手を取った。

その手にかぶせるようにして、あたしも自分の手を重ねる。

「あたしたちのぶんも、お母さんを大切にしてあげて。お願いね」

「わかった！　お母さんについていく」

「良い子ね。……これ、持っていって」

そう言うと、美咲さんが自分の指にはめていた指輪を五歳のあたしに握らせた。

「美咲さん、それを渡しちゃったら」

「私にはもう必要のないものよ。美咲ちゃん、これはね。お姉ちゃんたちに会える、とっても大切なものなの。美咲ちゃんが大きくなったとき、きっと役に立つから。お守りとして、大事に持っていて」

「これ、お守りなの？」

「ええ。これを持って、お母さんのそばにいてあげて」

お母さんと指輪を持った五歳のあたしを乗せて、救急車が走り去っていく。

遠ざかるサイレンの音を玄関先で見送って、美咲さんが呟いた。

「行ったわね」

「よかった。きっとあの子は、あたしと同じ後悔をしないで済む」

美咲さんがあたしに向き直り、にっこりと笑みを浮かべた。

「あなたのおかげで、私もちょっとは役に立つことが出来たわ。ありがとう」

「そんな！　あたしこそ、こんなわがままに付き合わせちゃって……。だけど指輪、よかったの？」

「あれは、十年後の未来の自分に会いにいくためのものだからね。十年後がない私には、必要ないわ」

「でも、もしかしたら」

言いかけたあたしの頭が急に重くなる。

ぐにゃりと視界が歪み、まっすぐに立っていられない。

「あ、あれ？　頭が、重い……眩暈が」

「あなた、時代を移動してから結構たつもの。そろそろ時間なんじゃない？　おつかれさま。目が覚めるころには元の時代ね」

「も、もう少し、話を」

「ちょうど、少しひとりになりたい所だったのよ。お父さんへの連絡と戸締りはやっておくから」

「でも……」

美咲さんに歩み寄ろうとした足が、ガクンと膝から床に崩れ落ちた。

あたしは抗いがたい重さにまぶたを閉じてしまう。視界が暗くなる。そのまま意識がゆっくりと沈んでいって――。

第六話

十五歳の私の姿が少しずつ透け始め、やがて消えた。

次にあの子が目を覚ますのは自分の時代のベッドの上だろう。

過去の自分を助ける――。

思いもよらなかったことにあの子は気付かせてくれた。

そのおかげで十年後がない私でも、過去や未来の自分たちに何かを遺せたのかもしれない。

「お母さん、きっと助かるよね。あの子のこと、ほめてあげてね」

お父さんに連絡を入れ、家の戸締りをする。

カギをポストのなかに入れて大きく息を吐いた。

「美咲が私の時代に来た時間を考えると、私にはまだ少し時間が残っているはずよね。もう指輪もない。時代を移動するのも最後だし、ゆっくりどこか回ってみようかな。ふふ、死ぬ前に過去を歩くなんて、なんだか皮肉」

ゆっくりと懐かしい街並みを歩き出す。

公園で、しーちゃんが砂場遊びをしている。

「私の人生、なんだったんだろうな。十年前に会った三十五歳の私も、四十五歳の私も、とっても幸せそうだった。それなのに、私にそんな未来はない」

それでも、こんな私にも出来たことがひとつだけあった。

「生きる世界の違うお母さん……。おかしな形の親孝行になったわね。私が死んだら、私の世界のお母さんは、よくやったってほめてくれるかな」

立ち止まった私に、静かに杖をつく音が近づいてくる。

老婆が目の前に立った。

「川西美咲さん」

「……え、なんで、私の名前を？　あなたはいったい？」

「一目でわかったわ。ああ、若いころの私だって。本当に、頑張ったわね」

「あなた、もしかして……」

「もうずいぶんおばあちゃんになっちゃったけどね。はじめまして、私は川西美咲よ」

「そっか、五歳の私に指輪を渡しにきたのね。でも、指輪は私が」

「そうね。だから、はい。これ」

うなずき微笑んだ未来の私が、私に指輪を差し出した。

「どうして、私にこれを？　私がここにいる意味は、あなたならわかるでしょう？　いまさらこんなものもらったって」

「美咲。未来はね、変えることが出来るのよ。あなたは私と出会った。だから、きっと大丈夫。あなたの未来は、まだ終わっていない。この指輪が必要になるわ」

「未来は変えられるっていっても、現に私はこうして過去に来てるのよ！　気休めなんか」

「私もなのよ」

「えっ？」

「私も二十五歳のとき、この場所で、未来の自分に指輪をもらった。そうして、今ここに立っているの。美咲、信じて。未来はどんな風にだって変わっていくのよ」

「あなたも昔、ここで……」

「さあ、受け取って」

言葉を失ったまま、私は差し出された指輪を受け取った。

ぎゅっと握りしめる。未来の私の鼓動が伝わってくるような熱を感じた。

「そう、良い子ね。さあ、もう行きなさい。きっと、皆待っているわ。十五歳のあの子も、そして十年後、二十年後。未来のあなたも心配している。行ってあげて」

「私……。私……！」

「お母さんを助けてくれて、ありがとう。そんな顔しないの。あなたは立派だったじゃない。胸を張っていいのよ。それに、意地っ張りのあなたはあの子に泣き顔なんて見せられないでしょう。さあ、笑って」

「私が意地っ張りなら、あなただって。ありがとう、私、あなたの言葉を信じて未来へ行ってみる。さようなら」

「きっと、またいつか会えるわ。私たちはずっとつながっているもの。だから、お別れの言葉はまたね、よ」

「そっか、ずっと一緒なんだね。またね。また、会いましょう」

「ええ、また、会いましょう」

遠ざかっていく背中。その背に祈るような思いを込めて目を閉じた。

「またあの人に、未来の自分に会えるのかな。待っていてくれるのかな。……大丈夫、きっと、待っていてくれる。だって、そこにいるのはまぎれもない私自身だもの。心配しているかな。早く、行ってあげなくちゃ。ありがとう、皆」

目を開く。

扉の場所に帰ろうと歩き出したとき、木陰を吹き抜ける心地よい風が私の髪をなでた。空を見上げる。どんな時代でも変わらない、雲ひとつない青空が広がっていた。

「未来の私と待ち合わせ、か――」

私は、扉の向こう側へ向けて駆け出した。

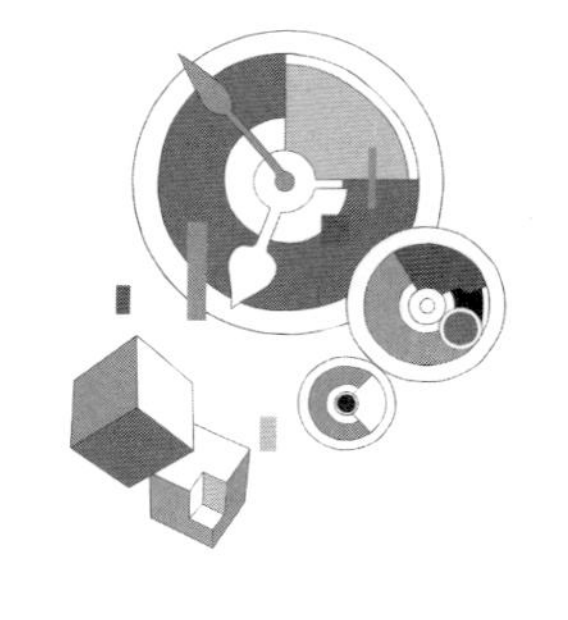

扉を開けて

～長い長い通学路の話～

1

玄関の扉を開けて外に出る。

朝顔が一輪咲いてる。


昨日の晩御飯はコロッケだった。


「今日はどうだった？　学校、行けた？」

母さんが炊飯器の湯気の向こうから尋ねる。

「ダメだった。も少しだったんだけど」

「そうか、残念だったな」

父さんが冷蔵庫からソースと辛子と缶ビールを取り出して次々に渡してよこす。俺はそれらを食卓に置き、箸も四膳きちんと並べる。

中三の時からずっと家にこもりっぱなしの姉貴が、二階から降りてきて手伝いもせずに食卓につく。

「諦めてあんたも通信教育にすればいいのに。そりゃ、最初は私もちょっと寂しいかなって思ったけど、同じような子とネットで話せるし、あんな大変な思いもしないで済むし……」

「だって俺、学校行きたいんだよ」

「ごめんね二人とも。私の体質が遺伝しちゃって」

母さんが申し訳なさそうな顔をする。

「なに、大人になれば治るさ。母さんだってそうだったんだから。さ、冷めないうちに食べよう」

父さんが缶ビールをプシッと開ける音を合図に、俺たちは食べ始めた。

コロッケは美味かった。明日こそは、きっと……そう思って早く寝た。


午前七時三十二分、玄関の扉を開けて外に出る。

朝顔が一輪咲いてる。

向かいの坂本さん家のおばあちゃんが、道路を箒で掃く手を止めて「行ってらっしゃい」と見送ってくれる。

「行ってきます」と返事をしたところで、ふりだしに戻る。

扉を開けて外に出る。

朝顔が一輪。

「行ってらっしゃい」と坂本さん家のおばあちゃん。

「行ってきます」と返事。

ゴミ捨て場にカラスがいて、何かくわえている。近寄っても逃げない。くわえているのは小さくて光るもの。ビー玉？　いや、アクセサリーのようだ。と思ったところで、またふりだしに戻る。


三巡目。扉、朝顔、「行ってらっしゃい」、「行ってきます」、アクセサリーをくわえたカラス。

ゴミ収集車が音楽を流しながら角を曲がってくる。すれ違うために少し右によけたところで、またふりだし。


四巡目。扉、朝顔、「行ってらっしゃい」、「行ってきます」、カラス、ゴミ収集車。

ここら辺まではいつでも楽勝だ。だけど、ここからが難しい。

表通りに出て横断歩道の歩行者用ボタンを押す。信号が青になって道路を渡ったところで、またふりだし。

五巡目。扉、朝顔、……、ゴミ収集車。

表通りに出ると、歩行者用信号が既に青なのが見える。通りの向かい側で誰かがボタンを押したらしい。仕方ないのでノロノロ歩いて赤になるのを待つ。

横断歩道の歩行者用ボタンを押す。信号が青になって道路を渡る。

停留所でバスを待っている人の列に並ぶ。俺は前から六番目。すぐ後ろに紺色のスーツを着た若い女の人。多分、就活中の大学生だな。と思ったところで、またふりだし。

六巡目。扉、朝顔、……、横断歩道。

しまった。少しノロノロ歩きすぎたらしい。バス待ちの列には既に六人並んでいる。最後尾がさっきの紺色スーツの就活生だ。

俺はダメ元で、その人の前にスッと割り込んでみる。

「ちょっと、割り込まないでよ！」就活生が声を上げる。前に並んでいる人たちも、何事かと振り向く。

ああ、やっぱりダメか。このパターンは失敗。ゼロからやり直しだ。

視界がスーッと暗くなって、気がつくと俺はまた玄関の中に立っている。下駄箱の上の時計が、七時五十一分を指している。

ため息が出そうになるが、気を取り直し、扉を開けて外に出る。

朝顔が一輪咲いてる。

坂本さん家のおばあちゃんは、もう道路掃除を終えて家の中に入ってしまったようだ。

ゴミ捨て場は空で、カラスもいない。

犬の散歩中のおじいさんが向こうからやってくる。すれ違いざま犬が俺に吠えかかり、驚いて身構えた途端ふりだしに戻る。


小学校や中学校は、なんとか通えていた。この症状がひどくなったのは、高校に入学して二ヶ月経った、先月の初め頃からだ。毎日同じ道を通って学校へ行く。たったそれだけのことなのに、何かちょっとしたきっかけで何度もふりだしに戻されてしまう。一巡目、二巡目、三巡目……と、正確に同じ動作を繰り返しながら、俺は少しずつ、本当に少しずつしか学校に近づけない。

これまでも、何かに悩んでいる時や、風邪の引き始めなんかに、たまにこういうことがあったけれど、ここまで酷くなったのは初めてで、正直つらかった。もう何度、学校に行くのを諦めそうになったか知れやしない。姉貴みたいに通信教育にすれば楽なのはわかってるし、その方が現実的だとも思う。

だけど、どうしても学校に行きたい。せっかく受験して受かったんだし、それに……。

2

二パターン目は惜しかった。学校近くのバス停で降りるまでは、なんとか行けたんだ。

十六巡目、校門の二〇〇メートルほど手前で、靴先に当たった小石が転がって、ヤバいと思っている間に側溝のふたの穴に入ってしまった。

暗澹たる気持ちで、もう一巡を繰り返したけど、こんなのやろうと思って出来ることじゃない。俺の蹴った石は側溝のふたを越えて、道路脇のブロック塀に当たって跳ね返った。ああ、やっぱりな……。視界が暗くなり、玄関へ。

いい線いけてた分、時間も三時間近く経っていて、時計は十時三十六分。今からもう一度トライして、新しいパターンでうまくいったとしても、学校に着くのは、よくて三時限目の後半だ。

階段の踊り場から姉貴が顔を出す。

「お帰り」

「……ただいま」

「惜しかったみたいね」

「うん」

「もっかい行くの？」

「うん」

「ちょっと休んでったら？　バテるよ」

「ん、そうする」

靴を脱いで家に上がり、洗面所で顔を洗う。タオルから顔を上げると、姉貴が冷たい麦茶のコップを渡してくれた。俺は一気にそれを飲み干して、コップを姉貴に返す。

「何よ、お礼くらい言いなさいよ」

「……あざす」

姉貴は、ほっとしたように少し笑って、

「今頃の時間は外歩いてる人少ないから、成功率上がるわよ」と、経験者ならではの助言をくれた。

俺は黙ってうなずいてから、ふと尋ねる。

「姉貴はさ、なんで諦めた？　いや、諦めたい気持ちはすごくわかるし、悪いことだとも思わない。むしろ、この状況なら当たり前だと思う。……けど、何がきっかけだった？」

「……そうねえ」姉貴は宙を見上げた。「ほら、同じこと何度も繰り返さなきゃでしょ？　私、あんたみたいに頭良くないからさ、起きたことの順番覚えるの苦手で、メモってても玄関戻ると消えちゃってるし、間違えるとまた違うパターンで最初からだし……。だから割と早々に、ああ、こりゃ私には無理だあって思った。……それに、私のやりたいことって案外家でも出来るっていうか、家の方がやりやすいし……。あ、そうだ、ちょっと待ってて」

　姉貴はバタバタと二階に駆け上がっていくと、何か小さい物を持って戻ってきた。

「かわいいでしょ？」

　目の前にぶら下げられたのは、ビー玉のようなものに銀のカエルがくっついているストラップだった。透明な球体の中には白い雪の結晶が一つ入っていて、親指の爪ほどの精巧なカエルがそれを抱えるように巻きついている。

「あ、これ」

「え？」

「朝にカラスがくわえてた。ゴミ捨て場んとこで」

「あー、どうりで一個ないと思った」

「これ、姉貴が作ったのか？」

「そうなのだ」

「すげー、売れるよこれ」

「でしょ？　もうネットで注文来てるんだ。これ、お守りなんだよ、『無事ユキ、無事カエル』って、私たちみたいなビルド症候群の人用の。あんたにも一個あげるから、カバンにでもつけてよ。効き目あるかもよ」

「……わかった、ありがとう」

　次に、もし失敗したら、今日はもう新しいパターンを最初からやる時間はないだろう。だから、今度こそ最後までミスらずにすべての動作を繰り返さないと。

　俺は大きく息を吸って、三パターン目を始める覚悟を決める。


　午前十時五十三分、玄関の扉を開けて外に出る。

　朝顔がしぼみかけている。

　集中力を切らさないよう、慎重に学校へ向かう。

　三パターン目の十八巡目に校門まで数十メートルのところにたどり着く。

　商店前の自販機の陰から太った猫が現れて、通りを横切り、目の前を通って、生垣の下に潜り込む。

よし、ここまで、さっきと同じ。大丈夫、このまま校門を入りさえすれば。落ち着こうと思っても心臓が高鳴る。

あと、十メートル。……五メートル。……三、二、一。

3

「遅くなってすいません」

なるべく、そっと教室の後ろの引き戸を開ける。三時限目は数学。黒板の横の時計は十一時四十三分。あと七分で授業が終わる。

「掛川！」サトリの小西と呼ばれる、いつも無表情な先生が、目を見開いて俺を見る。「お前、よく来たなあ……」

先生の目が少し潤む。

小学校から一緒だった杉山なんか、本気で泣いている。

やめてくれよ、俺も釣られるじゃないか。

俺は、先生に一礼し、杉山に軽く手を上げてから、教室の真ん中あたりの自分の席を目指す。

隣の席の鈴木さんが小さくて白い手をヒラッとさせて「おつかれ」と声をかけてくれた。

今日の鈴木さんはカチューシャをしてて、とてもかわいい。

まずいな、俺の目、赤くなってないかな。

とにかく席に座って、あたふたとノートや教科書を出す。鈴木さんが、どこを開けばいいのかわかるように、自分の教科書をこっちに向けてくれる。

あー、本当に来れてよかった。姉貴のお守りのおかげかな。


休み時間、席でへばってる俺にみんなが声をかけてくれる。

「本当、よく頑張ったなあ、お前」

杉山が背中をバシバシ叩く。

「今日は何パターンだった？」

塚本っていう、やっぱり同じ中学出の女子が、ノートで扇いでくれる。

「んーと、三パターン」俺は机に突っ伏していた体を少し起こして答える。「二パターン目で、あと二百メートルってとこまで来れたんだよ。だけど、そこで石がさあ……」

話しながら、鈴木さんはどこかと見回したが、教室にはいないようだ。


六時限目まで無事に終えて、俺一人だけカバンを持って昇降口に向かう。学校側の配慮で少し早く帰らせてもらえるのだ。

掃除を始めるみんなが、口々に「頑張れ」「明日も待ってるぞ」と声をかけてくれる。


「掛川君」

昇降口で靴を履きかけたところで、なんと鈴木さんに呼び止められる。

息を少し切らしながら、鈴木さんは何か小さな包みをくれる。

「これ、ネットで見つけたんだけど、よかったら使ってみて」

包みを開けると、カエルと雪のストラップがころんと出てきた。

「あ、これ！」と、俺が言うのと、

「あ！」と、鈴木さんが俺のカバンについてるストラップを見つけるのとが、同時だった。

「なんだ、もう、誰かにもらったんだ」

鈴木さんが、泣きそうな笑顔になる。

「あー、違うんだ」俺はあわてて否定する。「これ俺の姉貴が作ってるんだ。姉貴も俺と同じでさ、中三の時から学校行ってないんだ」

「そ、そうなの？」

「うん、いっつも部屋で何してるんだろって思ってたら、こんなの作ってたらしい。俺も今朝知ったんだけどさ。『無事ユキ、無事カエル』って、なかなかよく出来てるだろ？」

「うん、最初に見た時、これだ！　って思った。お姉さん、すごいね」

「どうだろ。でも、今朝はこれのおかげで学校来れた気がする。……鈴木さんのも一緒につけて帰るよ。ご利益二倍になるかもしれないし」

「そうして、そうして」鈴木さんは俺の手からストラップを取り、カバンの姉貴がくれたお守りの横につけ、「はい、これできっと大丈夫。また明日ねー」と、白い手をヒラヒラさせて行ってしまった。

「ありがとう」

俺も手を振ってしばし遠ざかる鈴木さんを見送ったあと、一度深呼吸して昇降口を出る。

姉貴よ、ありがとう。おかげで学校に来れたし、鈴木さんともこんなに話せたよ。おまけにお守りまでもらってしまった。これはどう考えればいいんだろう。やっぱ、同情かな？　それとも……？


昇降口から校門までは誰もいない。学校がそうなるようにしてくれているのだ。

カバンには、色違いのお守りが仲良く二つぶら下がっている。

校門を出る。商店の前のベンチで午前中と同じ猫が昼寝をしている。車通りが途絶えるのを待って道を渡ったところで、ふりだしに戻る。

校門を出る、昼寝中の猫、道を渡る。後ろからもうバスが来ているのに気がつき、停留所まで走ったところで、ふりだしに戻る。

午後七時の下校時刻を過ぎても、うまく帰れなかった時は、宿直室に泊めてもらえる。だけど、大抵帰りの方が楽だし、今日はお守りもあるから。

いつか、この症状がおさまったら、「一緒に帰ろ」って、鈴木さんを誘ってみよう。

いつか、きっと。大人になる前に。

校門を出る、……。

補足：
ビルド症候群は、２０ＸＸ年に発見された原因不明の症状である。

当初は、患者が経験する動作の繰り返しと積み上げはすべて、本人の「頭の中だけ」で行われていると考えられていた。

しかし、一パターン目が失敗し、二パターン目にうつる際、実際に一定の時間が経過することや、両方のパターンを行う患者を目撃した者が多数いることなど、「頭の中だけ」では、説明のつかない現象が多く見られる（ただ、一パターン目を失敗した地点から、二パターン目のスタート地点へ患者が移動するのを見た者は一人もいない）。

最近では、すべての行動は実際に行われており、繰り返しが起こる度に、何か未知の物理現象が起きていると考える研究者も増えつつある。

5分で読書

扉の向こうは不思議な世界

フューチャー・ディスカッション

「では接続が完了しましたのでドアを開けてください」

海の底で謎の声がした。

＊＊＊

時刻は朝の七時半。枕元の目覚ましにしているスマホから音楽が流れ、ベッドの中から伸ばした手でその音を止めた。

「……何か変な夢見た気がする」

ベッドから起き上がった高崎真理は一人呟いた。漠然と海のイメージがあり、きちんとは覚えていないが、とても妙な、でも綺麗な夢だった気がする。

寝間着として着ている、着古して少しよれたボーダーTシャツと灰色の短パンは少し湿っぽい。夏なので結構寝汗をかいたらしい。

「夜中扇風機つけてたのに……」

高崎はクセのないショートカットの下の眉を寄せて、不快感をあらわにする。この時期はどうやったってクーラーのない部屋は結構暑い。高崎の部屋はあまり女の子の部屋、という感じがしない。本棚にはゲームの攻略本やルールブックが並び、本来、本を並べるべき別の棚には原色の賑やかなボードゲームのパッケージが並ぶ。

さらに床には花札会社が作ったゲーム機や音楽業界でもブイブイ言わせている会社のゲーム機などなどが新旧問わず転がっている。テレビは若干旧式のようだ。

「そうだ、今日は登校日で、追加の課題とかあったんだっけ……。めんどいけど行かなきゃなあ……」

前日床に転がっているゲームでもやっていたのか、寝不足の目をこすりながら高崎は洗面台へ向かった。

＊　＊　＊

「というわけで助けて」

登校日は午前でカリキュラムが終わり、あらかたの生徒が帰宅して閑散としている教室。夏の日差しが多大な熱量をもって侵略してくる窓側、前から二番目の席からどこか必死な声がした。

その後ろの席には所狭しと本が積み上がり、ロッキー山脈もかくやという情景である。その谷間と思しき所には極厚の緑の表紙の本が広げられている。

広げられている本を押さえる手は、必死な声にもびくともせず一定のペースでページをめくり続けていた。手の主はその手以外は眼鏡の奥の目ぐらいしか動かしていない。

動きのない体に比べ、髪はあっちこっちへ散らかり放題のもさっとしたくせっ毛だ。

「聞いてる？　えーと、文部るかさん？」

「文部です」

文部は、また懐かしいあだ名を聞いたもんだ、と思いながらも淡々と本を読み続けた。眼鏡の下の顔は色白で人形のように整っているが、化粧っ気はまるでない。

無表情なのも人形のようだ。

「なら答えてよ、夏休みの課題が……」

「貴方は確か六組ですよね？　名前は存じてないですけど」

「え、怖い。なんでクラス知ってるの!?」

「声だけは聞いたことあるからです。その声はよく響きます」

「おー、あたしの悪名も高くなったもんだ」

よく響くハイトーンなボイスで高崎は得意げに返す。

「高くなったのは声の方です」

内心上手いことを言ったと思ったが、いまいちそれは相手に響かなかったようだ。

「まあいいや、あたしは高崎真理。自己紹介も済んだことだし助けてよ」

高崎は両手を置いていた机から体を起こすと、正面で腕を組んだ。ショートカットの下の目からはまるで助けてもらおうとすることへの申し訳無さとか、そのへんのものが感じ取れない。アーモンドのようなツリ目の奥にはそうと決めたら引かない意思が感じられる。

「……貴方は今何組のクラスルームにいるのか知っていますか？」

「え、一組でしょ？」

「そうです。そしてこの学校は一から五組は理系、六から十組は文系です」

「そりゃそうだ」

「故に夏休みの課題は全然違う内容ですので私には助けることは出来ません」

にべもない、を辞書で引いたらそのまま説明されていそうな態度で文部は高崎をシャットアウトした。が、空気を読まない高崎にはこうかはいまひとつ。

「そう言わないでさー、あんた学校で一番本を読んでるでしょ？『道で本を読みながら自転車を乗り回してたらそいつはもんぶだ。クラスで机の上に本の山があればそれはもんぶの山、モンブランだ』ってね」

「だれですかそんな格言を考えた人。特に後半」

「あたし」

「……」

「というわけで助けて。そんだけモノ読んでたら小説の一つや二つ、でっち上げられるでしょ？」

「察するにそれが課題ですか」

「そう！」

もはや文部も邪魔をされ続けで読書どころでは無くなってきており、段々と不機嫌な顔に変わってページをめくる手も止まっている。

「書けばいいじゃないですか。文字を適当に並べればそれは単語ですし、単語が連なればそれは文章、文章が並んでいればもうそれで小説ですよ」

「いやーあたし一四〇文字以上の長文書いたこと無くて。それ以下なら山程書いてるんだけど」

「シイ廃ですか」

「最近やってないけど。わかる？」

「わからないわけないでしょう」

シイとは一四〇文字以内でピーチクパーチクやり取りをする列のSNSである。

「というわけで頼むよー」

「……貴方私の専門わかってます？」

心底迷惑そうな顔で文部は本から顔を上げた。

高崎はあっけらかんと言った。

「しらん」

「私の専門は『遺伝意味論』です」

「いでんいみろん」

高崎は頭の上にはてなマークが浮いたような気がした。

「ご存知のように生物体に現れる表現型は生物の全情報であるゲノムの現れです。ゲノム情報には下の階層として、情報を保持する遺伝子があり、その持つ情報がすべて表現型に跳ね返ります」

「すまん、既に色々ご存知では無いんだけど」

「私はそこにエピジェネティクス等によるＤＮＡからの読み出しの物理的癖を……」

「ストップストップ！」

聞いていて盛大に脱線し始めている気がして高崎は慌ててさえぎる。

「いやここからが面白いのですが」

「あたしは面白くない」

高崎は眉をひそめて両手を突き出したポーズで拒否をする。

「んで、その『いでんいみろん』が小説創作と何の関係があるの」

「いえだから『関係ない』と言いたかったのですが」

「凄い遠まわしに断られた気がする」

「断ってますよ」

再びにべもない対応をされ、高崎は机の向こう側の文部に向かって両手を合わせてまるで仏像を拝むかのようなポーズをする。

「そう言わずに頼む！　さっき言ったじゃない、『文字を適当に並べればそれは単語ですし、単語が連なればそれは文章、文章が並んでいればもうそれで小説』だって。適当でいいんだって！　あたしっぽい文章をでっち上げてよ！」

「と言われても……私だって論文くらいしか書いたこと無いですので」

「論文と小説って別もんなの？」

「言語を使ってる長文って所だけが同じで、文章表現や構成からして全然違いますよ」

と、ここでふと文部は何かを思い出したような、あるいは思いついたような顔をした。

「……あれちょっと待ってください、さっき貴方なんと？」

「いやだから『適当で』って」

「その前！」

「『文章が並んでいれば～』ってとこ？」

文部は高崎から目を横にずらして静かに何かを考え――いや独り言を始めたので静かにではないが――始めた。

「……アレとアレ使えばいけるか」

「……もんぶさん？」

「もんぶではありません。わかりました、貴方に協力しましょう。明日までに私が言う物を全部用意してうちに来てください」

文部はまた無表情にもどり本をパタンと音を立てて閉じると、それをかばんの中に丁寧に収納し席を立つ。

「え、やってくれるのはありがたいけど何、どうしたの？」

「手伝ってほしいんですか？　いらないんですか？」

「いやめっちゃ助かるけど。んで何を用意すればいいの？」

「それはですね……ちょっと待ってください。住所と一緒にメッセで送ります。ＩＤください」

＊　＊　＊

翌日。高崎は中学と高校通学でだいぶボロくなった電動アシスト自転車で、文部が住むマンションへ乗り付けていた。

「てかデカイなこのマンション」

いわゆるタワマンというやつだろうか。親はさぞかし金持ちなんだろうなあと高崎は漠然とした金持ち父さんイメージを浮かべていた。イメージ内の金持ち父さんの隣の文部は本を読んでいた。

「んでどうやって入るんだここ」

自動ドアの前に立っても当たり前のようにその自動ドアは開かず、文部はうかつにも（あるいはわざとかもしれないが）部屋番号を送ってこなかったのでインターホンでも呼び出せない状況になっていた。

「そうだよＩＤ知ってんだからメッセ送ればいいんじゃん」

猫をデフォルメした画像のスタンプで『今来たにゃー』『開けてにゃー』の二つを投下するとすぐ既読がつき、『今向かいます』という飾り気のない文字がレスされた。

しばらく待つと文部が自動ドアの向こうからやってきて、開かずの自動ドアが開門した。

「なんでインターホン使わないんですか？」

「あんたが部屋番号送らなかったからだよこのやろう」

炎天下の中、自転車を漕いできた高崎は水色のシャツの襟にうっすら汗をかいており、それに対して文部はなんともすずしげな装飾が襟元についた白い部屋着と思われる服を着ていた。

「んでなんなんこの家、アラブの王様かなんかがスポンサーだったりすんの？」

「親がこういうところでなければ一人暮らしさせないと言ってきたもので」

さらりと文部は言い放つ。

（やはりブルジョアかこのやろう、どっちかといえばそいつらが持ってそうな人形みたいな顔してるくせに。しかもこんなタワマンで一人暮らしとか、親子で金銭感覚おかしいだろ）

「では行きましょう。頼んだものは全部持ってきてくれましたよね？」

＊　＊　＊

「で、あたしの大量の学校のノートとか、古いスマホやら現行スマホのメッセのログとかをどうするの？」

「そこから『過去に貴方が書いた文章と単語』の種類と頻度を全部抽出するんです」

難しそうなことをこともなげに文部は言った。

「さらに貴方のシイのＩＤも聞きまして、大量にあるログを諸々すべて抽出済みです」

「……ネットストーカーかな？」

前にログを分析して住んでいる町や通っている学校を割り出すといった話は聞いたことがあったので、高崎はなんとなく嫌な気分になった。

「目の前にいるのにそんなことしてもしょうがないじゃないですか」

文部は手慣れた動作でノートを裁断し、スキャンしつつ一方でＰＣからケーブルをスマホにタコ足配線しだした。

「これでよし。しばらくすればＰＣ内の自作の意味論プログラムで自動的に貴方の文章の『遺伝子』が分析できますよ」

「あたしの文章の遺伝子ってなに」

「貴方がどのような単語を知っているか、どの単語をよく使うか、この単語のあとにはどのような単語を重ねるか、どのような接続詞を使ってどのように終わらせるか、といったまあ文章の癖ですね」

「……？」

出力されていく一覧をざっと見た文部は、ネットワークの状況を監視する手を止め、後ろを振り返り、ジトッとした目であきれたように言った。

「……それにしても貴方語彙力無いですね……」

「ＪＫのシイに語彙力期待されても」

やや開き直ったように高崎は言い放った。再び文部は画面に向き直る。

「まあ普段私はこれで遺伝意味論を研究しているのですけどね」

「また出たよいでんいみろん」

高崎はややうんざりしたような目に変わる。

「そもそも『遺伝意味論』とはＤＮＡのエピジェネティクス的作用等による読み込みの癖を、ＤＮＡと遺伝子の間にある情報階層として定義するものでして」

高崎の目をものともせず、文部の口調が理系にありがちな早口になっていく。

「それによって想定される遺伝子の下位の情報因子、『遺伝子子』の組み合わせにより変わる遺伝情報の分析、また遺伝子子そのものが持つ情報、あるいは分子としての側面から複製、変異、維持される分子進化をシミュレートし……」

「もういいよ、わからないことはわかった」

高崎は両手を掲げて降参のポーズをする。

「そんなことより質問に答えてよ。あたしの文章の癖？　が『遺伝子』ってのはどういうこと」

「わかりません？　今貴方の文章で、私の普段の研究とまさに同じことをしてるんですよ」

文部はさも当然のように言うが、高崎はいまいち飲み込めないので眉を寄せて頭の上にはてなマークを浮かべた様な表情になる。

「昨日申し上げた通り、文章は単語を単位とした意味のある情報連結です。ゆえに単語とその繋がりはいわば文章の『遺伝子』になります」

「……よくわからないけど、ブロックで出来た工作を文章とした時一つ一つのブロックが単語ってこと？」

「おー、飲み込みが早いですね。そうなんです。ならばその一つ一つのブロックのパーツの選び方、くっつけ方の癖がわかれば、『貴方っぽい文章』を自動的に量産できます」

「なんかすごいことをやろうとしてることは見当がつく」

情報量でいっぱいいっぱいになり、頭から煙が出そうになりつつも、高崎はなんとかついていった。

「ということを今の私のがんばるくんはやっておりまして、貴方っぽい文章の断片を作ってるところです」

「がんばるくんって？」

「私が作った、普段は遺伝意味論を走らせてるこのＰＣネットワークですね。協調して一つのスパコン並みの計算能力となっているので結構色々がんばってくれます」

「なんか呼び方かわいらしいな」

高崎はくすりと笑った。

＊　＊　＊

文部はＰＣ横の本棚から昨日読んでいたとおぼしき緑の本を取り出すと、両手でそのズッシリとした感のある本を支えて読み出した。

ソファーに座った高崎は両足をぶらぶらさせて手持ちぶさたにしている。

「ところでさー」

相手が本を読んでいることなど歯牙にもかけず高崎は声をかける。

「もんぶのクラスって昼休み、何のカードゲームが流行ってる？」

「なんでカードゲーム限定なんですか」

文部は器用にも本を読みながら返答をする。

「だってうちスマホ禁止じゃん」

「カバンには入れておけますが」

「始業から放課後まで出せないじゃん」

足をぶらぶら、声でじゃんじゃんと意見を突っぱねる。

「うちはやっぱ大貧民が大多数かな、カード麻雀やってるやつもいるけど」

「それは強いですね」

「見つかって没収されてたけどね。で、もんぶのクラスは？」

「知りません」

「いや教えてよ」

「ですから知りません、私は昼休みも寝るか本を読むかしていて周りで何をしているかよく知らないです」

高崎はしまった、という顔に変わる。

「あ……ごめん」

「別にそれでみじめになってる訳でもないですしいいですよ」

「……でもそれってつらくない？」

　すると文部は一ミリも揺るがないという表情をして本から顔を起こした。

「別に他からどう思われようとどうでもいいじゃないですか。私は真実が好きなんです。本を読んで過去の知見を得るのも、実験をして一つずつ事実を積み重ねるのも、実験結果からやや飛躍した仮説を立てるのも、みんなは知らないかもしれませんがこの楽しさを知らないのは人生の損失といってもいいことです。私はその楽しさを知っているんです」

　いつになく、というより先ほど学説を滔々と述べた時のように文部は熱くなった……ような気が高崎はした。文部の表情も若干ムキになっているような気がする。

「ふへー」

「何ですかそれ」

「いや感心してんのよ」

「無理に感心しなくてもいいです」

「いやホント感心してるって。大事な何かを持ってるってかっこいいよ」

　高崎は残念そうにポツリと言った。

「あたしもいつかそういう立派なの持てるのかな」

「今度本貸しましょうか」

「いやいい。……そういうのって何か自分で見つけるものって気がするから」

半ば自分に言うように高崎は言った。

＊＊＊

「さてそろそろ十分出来上がりましたか」

「もう出来たんだ、じゃあそれ並べるだけでよくね？」

「これ見てもそう思います？」

文部は呆れた顔でそう言うとＰＣの画面を見せた。

「……なにこれ」

そこには意味の無い、というにはちょっと微妙な、スマホの予測変換一覧とでもいったような単語の羅列があった。

「統計だけではこれが限界なんです。それっぽい文章が並びますが意味はむちゃくちゃ、繋がりだってむちゃくちゃです」

「え、なら自分でくっつけるの？」

ひどく面倒臭そうな表情と声で高崎は言った。

「それでは科学の敗北です。幸いなことにここに一つのソフトウェアがあります」

ＰＣのデスクトップからショートカットを一つ選ぶ。ショートカットはsssssの文字がデコレートされたデザインをしている。

「5Sです」

「いや何それ」

「〝Semantical Study of Speech from Sequences of Sentences〟です」

何やら長い英単語の羅列を一息に文部は言った。

「要は文章の内容に『強い意味があるか』を見るソフトです」

「よくわからん」

「要はバズる文章はこれでハイスコアを出します」

「わかりやすい」

軽く反応した後、ん？　と少し考えて高崎は言う。

「いやそれめっちゃ使えるやつやん」

「そうですよ？　広告屋とか政治家とか凄く使いたがるでしょうね」

「なんで商品化してないの」

「一つは『その文章に強い意味があるかを得点によって判断する』ことは出来ても『どうやったら高得点を取れる文章が作れるか』には対応していないということですね」

「そのソフトの採点の基準を見ればいい点数とれる文章作れるんじゃ」

「それが、これはとある意味論学者が歴史的演説、ベストセラー小説、意義のある論文、バズった呟きなど『人の心に大きく影響を与えた』文章を軒並み機械学習させたものでして」

開いていくウインドウを横目で見つつあきれたように文部は言う。

「その結果『作った人もよくわからない』基準で点数をつけてるんです」

「あちゃー」

「もう一つは悪用を防ぐためですね」

「悪用できるんだ」

「当たり前じゃないですか」

5Sが起動していく横で文部は続ける。

「広告ならまだ良いですよ、法律で嘘を入れられない縛りがありますから。政治家がこれを解析出来たら現代のゲッベルス爆誕です」

「確かナチス・ドイツの誰かだっけ。うわあ」

「そういうわけで誰が持ってるかが厳重に管理されてます」

「いいのかそんなの夏休みの課題に使ってて」

「いいんじゃないですか。私も昨日まで存在忘れてましたし」

「厳重に管理とは」

「劇薬の管理なんてそんなもんです」

起動が終了し、ひらひらと動く文部の指に従うように別のウインドウ内の文章未満の塊がどんどん5S内のウインドウへ移動していく。

「こうやってがんばるくんで組み合わせをどんどん作って5Sに放り込みます。スコアの高かったものを抽出してがんばるくんに戻してまた繋ぎます。5Sに放り込みます。以下その繰り返しを行うと」

「行うと」

「理論的には最終的にとてもエモい小説が出来ます」

「エモいとか使うんだ」

少しびっくりしたように高崎は返した。

＊＊＊

「さて今日出来るのはこんなところですか、また明日の……午後にでも来てください」

「そんなに時間がかかるんだ」

「時間はかかりますし、正直どれくらいかかるかも読めませんが、明日は午前中バイトなので」

「え、バイトとかするの!?」

高崎（たかさき）は目を見開いて意表を突かれたような声を出した。

「あんたんとこ金持ちじゃないの!?　なんでバイトなんてしてんの」

「親が出してくれてるのは家賃（やちん）と光熱費くらいですからねえ」

さっくりと、何気ないように文部は言った。

「生活費、なにより研究費は自分で稼（かせ）いでますよ」

「はー、苦労してんだな……ちなみにそのバイトってどれくらいもらえんの」

「大したことはありません。半日、早朝から午前中まで拘束（こうそく）で一万五〇〇〇円位ですか」

するると高崎は無表情（むひょうじょう）と無言でスマホを出すとどこかに電話をかけた。

「あーシビチ？　おねーちゃんの部屋に合宿用のバッグあるでしょ？　……そうそう、赤いやつ。それ持って指定の住所へ来なさい。他のに触ったらコロス」

ぴ、と画面を消すと高崎はちょっと低めの文部の肩を抱いてくせっ毛の頭を抱えて猫なで声を出しはじめた。

「もんぶさーん、そのバイトってまだ空きある？　あるよね？　是非紹介しろくださいお願いしますなんでもしますから」

「……気持ち悪い、何ですか。そりゃ人手はいつも不足してる職場ですし空きはありますが、明日は早いですよ？」

「だから荷物持ってこさせてるし。あ、寝るとこはそこのソファーでいいから！」

「ずうずうしいと言っては今さらですが、何するかとか聞かないんですね」

「何、ヤバイ仕事とかなの？」

「いえ普通の」

「普通ならいいじゃん」

「農作業です」

高崎はほっかむりした文部を想像した。ほっかむりの横から毛がはみ出している。

「……似合わない」

「どうします、やります？　やめます？」

その時ピンポーンとインターホンが鳴った。

「弟さんですか？」

「うん」

「どうぞお入りください、鍵は開けました」

インターホンに文部が呼びかけ、しばらくしたら高崎弟が玄関まで大きな荷物を持って上がってきた。

「いいシビチ、おねーちゃんはこれからこの勉強がめっちゃ出来るお姉ちゃんと夏休みの宿題の勉強会で泊まり込むから。おとうさんおかあさんにもそう伝えて」

無言で高崎弟はうなずくと一言も発さずに帰っていった。

「無口な子ですね」

「まあ昔からね」

「似てませんね」

「よく言われる」

「シビチさんですか」

「いやそれあだ名」

＊＊＊

「晩御飯とかどうすんの」

「オレンジ味とチーズ味のどちらがいいですか」

「なにその謎チョイス」

「栄養強化したショートブレッドですが」

「いやそこのでかい冷蔵庫は飾り？」

「よく知りません」

「独り暮らしの自分の家なのに？」

「週二で来るヘルパーさんが料理してる時だけ開きます」

「じゃあ材料はあるんだ。開けていい？　何か作るよ」

流石ブルジョア、ヘルパーさんとか来るんだーと思いながら高崎は冷蔵庫を開けた。

「真空パックの豆とチーズ、なんだこれ……スパイスか。戸棚も開けていい？」

「どうぞ」

「おートマト缶とパスタあるじゃん。これならいける」

「せめて食べられるものをお願いします」

「あんたも大概口が減らないな」

そこからの高崎は意外にも手際が良かった。

綺麗に洗って立てかけてあったフライパンでゆで豆を炒め、スパイスを入れる。そこにトマト缶をざばーっと入れ塩胡椒で味をととのえ、ゆでたパスタと一緒に皿に盛りあわせた後で、チーズを卸金でおろし入れた。

「たぶんうまいはず」

「ベジタリアンですね」

「肉はなかったからなー」

ショートブレッドと無名のパスタをもくもくと食べる。横のがんばるくんはＬＡＮケーブルの根本をちかちか光らせ、ハードディスクをガリガリ言わせながら働いている。

「自炊出来るとは意外でした」

「簡単なやつだけどね」

もぐもぐとショートブレッドを齧りながら少し自信ありげに高崎は言った。

「うちはわりと自由な家でさ、みんななんか食べたいものを買ってきてはそれぞれが作って食卓に並ぶ感じなんよ」

「へえ」

「弟がからあげばっか作ってたこととかあったなー、さすがに台所が油でえらいことになってたので怒られてた」

「楽しそうな家ですね」

「あれしろーこれしろーって言われないのは寂しいところもあるけどね」

「……」

室内の間接照明の加減か、無表情のはずの文部の顔がなぜか少し陰ったように高崎には見えた。

「え、もんぶのところは結構世話焼いてもらってるじゃん、この歳で独り暮らしさせてもらって、しかもその上ヘルパーさんつきでしょ？　うちなんかより全然いいじゃん」

「まあそうかもしれませんね」

「他人事みたいに」

くすりと高崎は笑った。文部の表情は変化しなかった。

「さて洗い物したらもう寝ます。明日は早いので」

「りょーかい」

＊＊＊

「では接続が完了しましたのでドアを開けてください」

文部の声がした。

(あ、これ昨日朝見た夢だ)

高崎は手を木製のドアの取っ手にかけ、押し下げた。ドアは自動的に開き、高崎の体はドアの向こうに押し出される。

ドアの向こう側は海の底だった。

大きなホタテ貝から泡が間断なく吹き出し、上の方で渦を作る。泡をよく覗き込むと『それな』『わかりみが深い』などの言葉が内包されている。

(夢の海にもんぶの言ってた文章作成システムの説明が混ざってる。あの時語彙が無いとか言われてたよなー)

上の方の泡の渦からは青い背びれをした魚が次々と飛び出し、別の一角に集まって群れをなしていく。

魚の群れは一方向に向かって泳いでいき、その先にはうの字が描かれた標識が5つ傾いで立っている岩礁がある。

（あれ5Sじゃん、ってことはこの言葉の魚の群れはあたしの言葉から作られた文章のかけらかー、ということはまた戻ってきて泡の言葉と合流して、文章になってくってとこかな）

岩礁を一回りして戻ってくる魚の群れは、さらに泡から生まれた魚を加えてもう一段大きな群れとなる。

そしてまた魚の群れは岩礁へ向かう——

（大きくなれー、エモい文章になれー）

＊　＊　＊

「起きてください」

「……」

「起きてください」

「……」

「いちまんごせんえん」

「はっ！」

「起きましたね？」

「もんぶのせいで変な夢見た……」

「夢のことまで責任持てません」

「前半の夢は綺麗だったのに」

「なら責められるいわれは」

「その後いきなり福沢さんと樋口さんが現れて社交ダンス踊りだした」

「朝の連続歴史ドラマですね」

「さすがにそんなシュールな絵柄はないと思う」

欲で目を覚まさせられ、寝不足満点、不機嫌満点の高崎はしゃくに障ったがぐっと我慢した。

なにしろ相手はいちまんごせんえんである。

「では行きましょう。顔を洗ってきてください」

「てかまだ夜じゃん……今何時よ」

「四時前ってところですか。大丈夫です、一時間もすれば日が出るんで朝ですよ」

「年寄りかあんたは」

寝ぼけ眼をぐしゃぐしゃして高崎は愚痴る。

「早いって言ったじゃないですか」

「ここまでとは思わんかった」

「さあ急がないと。下に迎えが来てしまいますよ」

既に上下を学校指定体操服に着替えて作業感バリバリになっている文部は高崎を促した。

＊＊＊

半日拘束される、という農作業を終え、農家夫婦の奥さんが運転する軽トラックで高崎と文部は家に送られた。

「あたし支柱立て、プロになれるかも」

「誉められてましたね」

再び高級マンションの部屋の中、やはり同様に高級クーラーの下、二人は一息ついていた。

高崎が文部に作業用に借りた七部丈のシャツとヒザ下までのズボンから汗がみるみる蒸発していく。

「てか植物のでっかい鉢、なんであんなに定規で計ったようにまっすぐ置かなきゃいけないの」

疲れ切った顔で、夏の日差しで火照った体を麦茶で潤しながら高崎は言う。

「そういう流儀の研究者だからですとしか」

「……だれが研究者って？」

「ですからあの農学研究者夫妻の流儀なんですよ。まっすぐ置かない学生には単位も出ないとか」

「ちょっとまって、あそこにいたの麦わら帽子のオジさんとほっかむりしたオバさんと、あとバイトの学生だったよね」

「ええ、ですからそのオジさんオバさんが大学教授夫妻です」

文部はまるで隣の家の人の商売がタバコ屋さんであるみたいにあっさりと言う。

「……農家のオッちゃんオバちゃんじゃなくて？」

「ついでに言うなら学生バイトさんは研究室の学生さんですね」

「まじかー」

あちゃー、という口調と顔で高崎は天を仰いだ。

「あたしオッちゃんにめっちゃ気安く話しちゃったよ」

「まあいいんじゃないですか」

「オバさんの持ってきてくれたカレー美味しいね、隠し味とか教えてよとか言っちゃったよ」

「隠し味はなんでした？」

「ウスターソース」

「こんどやってみましょう」

下を向いてバイト代出るかな、とかぶつぶつ言った後で高崎は文部の方へ振り向く。

「なんであんたはそんな偉い人からバイトもらってるんよ……」

「あの人父の共同研究者でして」

「ちょっとまって、じゃああんたの父親も研究者？」

「そうですよ？　言ってませんでしたか」

「ただの金持ちだと思ってた」

高崎はタワマンの部屋を見回す。

「とある遺伝子診断システムの特許のお陰ですね。私設研究所の所長です」

「なにそれすごい」

「それで高校卒業後、私もその研究所に行くんで、今から色々ご教授いただいているんです」

「何だ……あんた結構将来決まってるんだ」

高崎はふっ、と笑顔から真面目な顔になる。

「父親の言いなり、ってイヤじゃない？」

「よく言われます」

同じく文部も真面目な顔で返す。

「でも私は、研究職は世の中で一番高潔な仕事で、中でも父の研究は一番尊い部類だと思います。私も正直やってて一番楽しいことなんです」

少し目を上げ、またも揺るがぬ表情で文部は言う。

「だから嫌々なんかじゃないんです。むしろ他の仕事が選択肢にあっても私は絶対それを選びますね」

「確かにもんぶは昨日もそんなようなこと言ってたけどさ……」

「さて、がんばるくんはどうしてますか」

と、文部はやりとりを打ち切ると、後ろを振り返ってＰＣの画面を起こす。

「……うまくないですね」

「……何か失敗しちゃった？」

「いえ極めて順調です。順調なんですが、組み合わせを増やしていくにつれ計算資源が枯渇していってます」

「つまりどういうこと？」

「概算ですが完成するのに最低二万七〇〇〇時間はかかります」

指を折って高崎は計算する。

「それ三年くらいじゃん」

「夏休みの課題には間に合いませんね」

「えー！　どうすんのよ！」

大きな声を出し頭を抱えて高崎は言った。

「しかたありません、こうなったら『もっとがんばるくん』を使いましょう」

「もっとがんばるくん」

「父の研究所のスパコンにバックドアから侵入、クラスタ化してこっそりハイパースパコンにする仕掛けがあるので、そこで5Sを走らせます」

文部の放つ物騒なアイデアに、高崎は目をぱちぱちした。それって犯罪では、と思い気持ち小さな声で文部におそるおそる語りかけた。

「……それ大丈夫なの？」

「たぶん見つかったらとても怒られますし、最悪一人暮らしとか、私が一人でやってる研究も止められるかもしれませんが、まあ大丈夫でしょう」

「あんまり大丈夫な気がしない」

重たいことをサラッと言うなこの人、と高崎は思った。

＊＊＊

ＰＣでは何かウインドウが開いては文字が流れて閉じていき、文部はそれを眺めては何事かをキーボードで打ち込んでいる。

高崎はまたも手持ちぶさたになった。

「あ、そうだ、出来上がったら文部にお礼しなきゃ」

「いえ別に欲しいものは特に」

「ケーキバイキングとか」

「甘いものはしゅわっとした甘くて丸い粒しか好きじゃありません」

文部は意外にも子供っぽい好き嫌いを示す。どこかすねたような口調にも感じる。

「それだけじゃ単なる香料がついたブドウ糖じゃん。脳みその餌じゃん。えーとちょっとした化粧品とか」

「使ったことありません」

「素材いいんだからもったいない。じゃああれだ、うちの部活に遊びにきなさい」

「そういえば合宿用の荷物で泊まりにきましたね。何部ですか？　運動は苦手でして」

「非電源系ゲーム部」

「……」

文部は振り返りあからさまに不審そうな顔をした。

「知らない人はそういう顔するよなー」

「だって聞くからに怪しいですから」

「要はコンピューターを使わない系のゲームやる部よ。カードゲームとかボードゲームとか。TRPGはやらないけど」

「TRPGってなんですか、どっかの国の兵器ですか」

「開拓者になって競争して開拓してくのとかー、害虫のカードを押し付け合うのとかー、最近やっと枯山水の庭を作るゲームゲットした。プレミアついて高くなってたからなー」

「それだけの情報ではどんなゲームだかまったく見当も付きません」

「今はアラブの商人になって駆け引きするやつがアツい」

熱く語る高崎にふっ、と文部の表情がゆるんだ。

「何ですか、大事なものあるじゃないですか」

「え、でもこれ遊びだよ？」

「私だって研究は遊びですよ」

文部はちらりとＰＣを横目で見る。

「なので今すごく楽しんでます」

「ふーん……」

「それが私へのお礼に相当するのかはわかりませんが、行く約束だけはしておきましょう」

そう言うと文部はまたＰＣに向き直った。

「！　きっとだよ！」

高崎は満面の笑みを向けた。後ろ向きの文部の表情はわからなかった。

＊＊＊

高崎は汗まみれの服がだんだんと気持ち悪くなってきたので、翌日再来することを約束して帰宅した。

親の小言を聞き流しつつご飯を食べてシャワーを浴び、いつものよれよれ部屋着に着替え、スマホを充電ケーブルにつないだところで、早朝起きの上、肉体労働がこたえたのかベッドで寝落ちした。

なのでスマホが早朝の四時頃に数回振動したことに気が付かなかった。

「あー、よく寝た……って今何時よ」

壁に掛けられているアナログ時計の長針と短針は十二で重なっていて真昼を示し、階段下のリビングルームのテレビからは、甲子園で高校球児が白球を追う音がぼんやり聞こえた。

「おかーさーん！　おきたー！　あさごはんはー！」

高崎は階段をパタパタと降り、顔を洗って歯を磨き、ありあわせの朝食というか昼食というかを食べ、再び自室に戻った。

「あれなんかSMSの通知がある」

チカチカと通知ランプが点滅しているスマホをささっと起こす。

未読マークに3の数字があった。

「あ、やべ、何時に行くとか言ってなかった。もんぶ怒ってるかな」

アイコンをタップして広げると、文部らしい要点だけのメッセージが投下されていた。

『ばれました』

『呼び出されたので行ってきます』

『約束を守れない可能性が高いです』

高崎の顔から血の気が一気に引いた。

最悪一人暮らしとか、私が一人でやってる研究も止められるかもしれませんが。

昨日の文部の物騒なセリフが脳裏をよぎる。

「ちょ……ちょっとまってよ……」

スマホをスリープして、思い直してスマホを再び起こし、

『大丈夫なの？』

『どうなってるか教えて』

と打つ。数分待つも既読にはならない。電話もするがそれにも応答がない。

部屋着のままスマホだけ持って高崎は玄関を飛び出し、家の駐車場に斜めに駐めていた自転車を駆って文部のマンションへ向かった。

もはや猶予はない、と本気で焦りを覚えた顔で。

＊　＊　＊

高崎は昔からゲームが好きだった。最初は一人でやるテレビゲーム。あまり面白みのない限

りのある現実世界に比べ、ゲームの創作世界はいかにバリエーションのあることか。それを友達と共有できるパーティーゲームにもハマった。だんだんと遊ぶ場所が少なくなる現実世界に比べ、いかに広大な舞台で遊べることか。

しかしそんな趣味は肯定されることはなかった。親は何も言わなかったが、口さがない先生や『大人になった』友達は言う。時間つぶし。現実の代替物。違う、違うと説明しても、彼らは『可愛そうな逃避者』という視線を変えることはなかった。せいぜい賛同してくれるのはシイの顔も知らぬフォロワーだけ。

高校に入り非電源系ゲーム部があったのは幸運だった。彼らはゲームの楽しみを知っている、現実にもう一つ彩りを加えるゲームの楽しみを。

でもゲームはどうやったって小説や映画や漫画に比べ、特に厚手の本に比べて著しく下に見られている。だから高崎は厚手の本を積み上げている文部が羨みの対象であると同時にしゃくだった。『あの子だって好き勝手にやってるじゃないか』と。

今回の小説を書いてくれ、という頼みも『今更あたしにそんな高尚なことは出来ない』というのと『あの子を少し困らせてやれ』と『どうせ適当にでっち上げられるでしょ』の考えが混ざり合ってのことだった。

でも文部はそんな『高尚な』人ではなかった。自分の楽しみのために、自分に正直なだけの子供みたいな子だった。

そして、文部は高崎の『ゲーム』だって自分の『学問』と同じだ、と言ってくれた。

＊＊＊

「言ってくれたのに！」


高崎（たかさき）はようやく文部のマンションに到着（とうちゃく）した。

文部の部屋の番号を押（お）してインターホンをかける。

案の定応答はない。

二度、三度とかける。

やはり応答はない。

「もんぶ……」

高崎は泣きそうな顔で呟（つぶや）いた。こんなことで縁（えん）が切れてしまうかと思うとなんだか泣けてくる。

「いやだからその『もんぶ』はやめてください。小学校の頃の呼ばれ方みたいで懐かしいですけどちょっとモヤります」

「もんぶ!?」

眼鏡の奥にやや疲れたような目をした文部が両手に高級そうな袋を持って後ろから現れた。タクシーが役目は果たしたと言わんばかりに排気ガスを残して去っていく。

「何で!? 一人暮らしと研究止められたんじゃないの!?」

怒ったような声と半泣きの表情のまま、高崎は叫んだ。

文部はかなりびっくりしたようなレアな表情で返す。

「何でですか、ちょっと怒られてバックドア閉められただけですよ」

「だってバレたんでしょ!?」

「ええ、父は父で人工生物圏でモンテカルロ実験をスパコンクラスタで大規模にやってたらしくて、妙な負荷があるなあとさっくりバレました」

「じゃあ『約束を守れない』って!?」

「いやもっとがんばるくんのバックドア閉じられたならがんばるくんだけでやるしか無くて、小説完成には三年かかるって言ったじゃないですか」

「そっちかー……」

高崎は脱力した声と緊張が抜けた表情で呟いた。今更になって自転車を全力で漕いだ汗がじわっと湧いてくる。

「まあ少し上がっていってください」

文部はマンションの扉を慣れた手付きで開け、高崎はよろよろとした足取りで文部についていった。

＊＊＊

「それでどうしましょうか。手つかずのバックドアはまだあるにはあるのですが」

「いやもういいよ、そんなことして迷惑かけられないし」

「ではどうするので？」

少し考えた高崎は何かを思いついた目でふっと顔を上げた。

「私がアイデアと場面場面の文章書いて、もんぶがそれをつなげるってのは？」

「いえがんばるくんはまだ健在ですのである程度の短文なら」

「時間かかるじゃん、それにやっぱり自分の文章は自分で選んで作りたい」

「そもそもそれを私にやってくれ、と言ったのに矛盾してますね」

少し面白そうに文部は言う。高崎も少し笑う。

「まあ人間は進歩するってことでしょ。いや進化かな？」

「その誤用はいただけませんね」

「芋虫がちょうちょになるみたいな」

「進化とは世代を経ての環境への適応で、芋虫が成虫の蝶になるのは一代での形態変化なので
それは進化でなくて変態です」

顔を見合わせて二人は大笑いする。

文部はこんな顔や声で笑うんだ、と高崎は思った。

「あー笑いました……それでどんな話にします？」

「……小説を書いたことがない少女が、科学バカの少女に小説を自作するシステムを作っても
らう話なんてどう？」

「どこかで聞いた話ですね」

「んで最後に二人はテレビでぶん殴り合って場外に落とすゲームをやる」

「なんですか、そんなの私やったことありません」

高崎は文部を見て心底びっくりした顔をする。

「やったことないの!?　てかこの日本にそれやったことない人がいるとは思わなかった……」

「いえ世の中広いんでやったことない人くらいいますよ」

「じゃあ教えてあげるからうちに来なよ！」

文部は持っていた高級そうな袋をちらりと見る。そして少し口元に笑みを浮かべた。

「それはいいですね、それならこの親に持たされたケーキも無駄にならなそうですし」

「へー、でももんぶケーキ苦手だとか言ってなかったっけ」

「いえ親に今回の顛末話したら『ぜひそのお友達にこれを』と」

「お友達」

「なんか『お前がそこまで成長するなんて』と泣いてました」

やや怪訝な顔をして文部は呟く。

「別にお友達ではないんですけどねえ」

「いやそこは友達でいようよ」

「まだ会ってさほど経ってないのですが」

「何、知らないの？」

にやり、とゆるんだ顔で高崎は言う。

「一緒に何かをして、それを楽しんだら、もうそれは友達なんだよ？」

5分で読書
扉の向こうは不思議な世界

旧図書館と迷える放課後

序

「――宮本、花帆さん」

花帆のことをなぜかフルネームで呼んだ園村先生は、花帆の顔と、答案用紙に書きこまれた名前とをまじまじと見比べた。

中間テストの結果を返却している最中だった。

ほかの生徒には見せなかった態度を不審に思っていると、声を落とし、さらに不可解なことを口にする。

「旧図書館に、よく行っていたりするかしら？」

「……いえ？」

「だったら。放課後、もしよければ旧図書館の掃除をお願いできませんか。そう、あの教室棟に囲まれるようにして建っている古い建物です」

これが、花帆とあの不思議な図書館との出会いだった。

1

帰りのホームルームが終わって担任が出ていった途端、教室は賑やかになる。

六月に入り、高校生活にも慣れはじめた一年生たちはおもしろいことを探していた。

今日いちばんの話題はふたつ隣のクラスにやってきた教育実習生のこと。堀倉先生っていうらしいよ、とか、うちのクラスに来てほしかった、とか、あちこちのグループが盛りあがっている。

スマートフォンを取りだすと中学時代からの親友——相沢実鈴から、何件かメッセージが届いていた。

『下駄箱の前で待ってる』

ロック画面に表示されたひと言に、花帆の胸では期待が膨らんだ。今日は二人で帰れるのだろうか。

いそいそとアプリを開く。希望はあっけなく砕かれた。

『野川先輩がテストのお疲れさま会しよって』『花帆も行こ?』『下駄箱の前で待ってる』

野川先輩は小柄で明るい二年生で、つい一週間ほど前にできた実鈴初めての彼氏だ。顔を合

わせれば必ず花帆にも挨拶をしてくれる懐っこい人。けれど、

（……先輩も一緒なんだ）

花帆は二人が一緒のところを見るのが苦手だった。子どもっぽい嫉妬だと頭ではわかっているけれど、野川先輩に親友をとられてしまったような気持ちがして、うまく笑えない。

　こんなとき文字だけのやり取りは便利だ。落ちこんだ顔もこぼれたため息も、実鈴に知られなくてすむ。

　隣とはいえ実鈴とクラスが離れたことが、幸運だった気さえしてきていた。

『先生に旧図書館の掃除頼まれたの』『行けなくてごめんね』『先輩と仲よくね！』

　返信にはすぐに既読のマークがつく。

『手伝おっか？』

『先輩待たせちゃだめ』

『でもあそこ心霊スポット』『苦手でしょ』

『もう高校生だから大丈夫！』『先輩によろしくね』

　しばらくして送られてきたメッセージは、花帆の気をまた重くさせた。

『次は花帆も一緒だからね』

三人で遊びにいくのは回避できたのだから、別に帰ってしまってもいい。

けれど伝えた言葉を嘘にしてしまうのは気が引ける。

実に消極的な理由で花帆は旧図書館に向かった。

頼んできたのが園村先生だから気にかかる、というのもある。

園村先生は五十代後半の女性で、低い位置に作った白髪まじりのお団子がトレードマークの、見た目だけならばおっとりとした優しそうな人だ。

ただし、性格は少し変わっている。

――わたしは皆さんに現代文を教えます。著者の意図を問うこともあるでしょう。問題を出したからには解答は存在します。けれどわたしは、本当は、どの答えにも丸をあげたい。だって意図だなんて著者以外には、いいえ、本人にだって、わかっていないかもしれないでしょう？　何だってありなのが本です。解答に納得できないときはお話しをしましょう。

初めての授業で行った自己紹介が独創的で、花帆は彼女のことが気に入っていた。

旧図書館はその名が示すとおり、昔使われていた図書館だ。現在は新しい図書館に役目を譲り、かといって取り壊されるわけでもなく残っている。

生徒たちの口の端に上るとすれば、唯一、怪談話においてだった。曰く〝生徒の幽霊が出入りしている（のを見た人がいる）らしい〟。

焦げ茶色をした重厚な木製の扉の前では、放課後の喧噪はどこか遠い。扉には縦に長い、棒状の取っ手がついていた。体重をかけるようにして引いて、ようやく重い扉は開いた。

恐る恐る中を覗くけれど幽霊らしき影はない。

「失礼します」

ほっとした花帆はささやくように告げて、中へと足を踏みいれた。

本の日焼けを防ぐためか窓が小さく、さらに外側に生えた苔によって光が遮られている。館内はざらりとした飴色に染まっていた。

立ち並ぶ書架は、背こそ高くないものの、扉と同じどっしりとした木製だ。見通しのよいスチールラックの並ぶ新図書館と比べると空間の密度が高かった。

何より花帆を驚かせたのは、その本棚がびっしりと本で埋め尽くされていたことだ。てっきり、本はすべて新図書館に移動していると思いこんでいた。

どうりでなくならないわけだ。これだけの本を保管できる場所は、きっとここしかないのだろう。

扉の近くにある電灯のスイッチを押してみる。明かりはつかなかった。

けれど、さぞ塊になった埃があちこちに落ちているのだろうと想像していた館内は、掃除が不要に思えるほど整っていた。

全体的に色の抜けたような背表紙に目を向けながら、書架の間を巡ってみる。奥に進むにつれ、木と、古い本特有のひんやりとした匂いが濃くなっていく。

静寂に沈みこむと、ここしばらくの憂鬱が薄らぐようだ。

足を止めた花帆は一冊の本に手を伸ばしていた。何気なく選んだそれは、星や星座にまつわる物語を集めたものだった。水色の表紙には、さまざまな星座が銀の箔押しで描かれている。長いこと開かれなかったせいでくっつき気味のページを、一枚ずつ、ていねいに剥がすようにめくっていく。

本の中に広がる世界は、花帆の好奇心をくすぐった。読書は好きだ。

「……ちょっとだけ」

その場に鞄を置き、花帆は壁を背もたれにして床に腰を下ろした。

2

それからどのくらい経ったのか。

扉が開く重たい音にはっとして花帆は顔を上げた。誰かが館内に入ってくる。

悪いことをしているわけでもないのに息を潜める。

誰かの足音は離れた場所で止まった。次に聞こえてきたのはどさ、という音が続けて二回。

（……鞄を置いて、その上に座った？）

先にいた花帆が言うのも何だけれど、こんな場所にやってくるなんて何者だろう。読んでいた本をそっと置いて、身を低くした花帆は書棚の陰から様子をうかがう。

少しずつ膝を伸ばし、ついにはつま先立ちになったけれど、そこには誰の姿もない。

――〝旧図書館には幽霊が〟

噂話をする誰かの声が、頭の中でよみがえる。思いだしてしまうともうだめで、背筋を怯えが駆けあがった。

早鐘を打つ心臓と倒れてしまいそうな恐怖に耐えきれず、花帆は声を張りあげる。

「お、お化けとか、怖くないから！」

直後、どご、と木の板にぶつかるような音が響き、

「痛」

聞こえてきたのは、幽霊にしてはあまりにもはっきりとした、男子の声だった。

館内の中央に近い壁際、貸出しカウンターの内側で男子生徒が立ちあがる。完全な死角だ。

見つけられるわけがなかった。

驚きと子どもっぽい台詞を聞かれてしまった恥ずかしさで、花帆は固まる。

くしゃくしゃと波打つ髪を撫でながら、男子生徒が花帆を見た。

見慣れた制服に、見たことのないすっきりとした顔立ち。シャツの第一ボタンを外しているところに余裕がうかがえる。先輩だろうか。

「ごめん、怖がらせたみたいだけど俺も驚いた」

言葉とは裏腹に喋り方は落ちついている。

「ここに俺以外の人間がいたのって……えっと」

「宮本です。宮本花帆」

「宮本さんが初めてでさ」

そこまで言うと彼は肘をさすり、顔をしかめた。痛みを堪えているのだろうに、唇はもともとそういう造作なのか、笑みの形を保っているのが印象的だ。

近寄って見ると、先ほどカウンターで打ったらしく、肘は赤くなっていた。

それと一緒に、シャツの胸もとに留められたピンも目に入る。2―B。やはり上級生だった。

「ごめんなさい。驚かせるつもりはなかったんです」

小さくなる花帆に男子生徒は、

「こっちこそごめん、そういえばここって怪談話の舞台だっけ」

逆にちょこんと頭を下げた。

どうやら通い慣れているらしい。

「わたし、園村先生に掃除を頼まれて。でも、そんなに汚れてないし。お邪魔だったら……」

失礼します、と礼をしかけた花帆に、彼はわずかだけ首を傾げる。

「掃除、してた？」

「……本、読んでました」

「真面目なのか不真面目なのか。別に構わないよ。俺、昼寝してるけど気にしないで」

あっさりと言われ、花帆は拍子抜けした。そうか、鞄は椅子がわりではなく枕だったのか。

本当は、もうしばらくここにいたいと思っていた。

「だったら、あと少し」

「うん。じゃあ」

ひらりと手を振って、彼はカウンターの内側に消える。

詮索するでも突きはなすでもないマイペースさに、自由にしていいと許されたようで、花帆の呼吸は楽になる。

壁際に戻り再び本を開く。古ぼけた空間で静けさに身を浸すと、ページを繰るごとに心が安らいでいくのがわかる。

寂しい場所のはずなのに不思議だった。いや、だからこそ、か。

(わたしも、寂しい)

だから、似たものに励まされる。

実鈴はまだ、野川先輩と一緒だろうか。

(でも、応援しないと)

薄暗さに文字を追うのが難しくなったころ、鞄を手に立ちあがった花帆は、思いきってカウンターの中を覗きこんだ。

「帰り?」

寝ているものと思っていた男子生徒は、けれど目を開けていた。寝転んだ姿勢のまま花帆を見あげてくる。

「はい。それで。これからも本読みにきてもいいですか。お昼寝の邪魔はしないので」

「いいも何も、学校の施設でしょ」

ふわりと浮かんだ笑みは、猫のあくびのようだった。

「名前聞いたのに名乗ってなかった。俺、坊城日向といいます」

「……棒状?」

聞き慣れない響きにとっさに浮かんだのは、図書館の扉についている取っ手だ。

「違う、坊さんの坊に城で坊城」

間違えられる、あるいは聞き返されるのに慣れている人の口調だった。

3

日向と出会って十日が過ぎた日の放課後、日直の仕事をすませた花帆は、今日も旧図書館を目指し、廊下を歩いていた。

相変わらず実鈴たちとの距離感はうまくとれないけれど、旧図書館に通うのが息抜きになっている。

日向はいたりいなかったりで、会ってもとくに近づくわけではない。けれど、お互いの存在を認め合い、なおかつそっとし合えるような関係が心地よかった。

教室棟を出ようとしたところで、

「花帆！　今から帰るとこ？」

上から飛んできた実鈴の声に、花帆はびくりとして立ちどまる。

二階にある二年生の教室で一緒にいたのだろう。ポニーテールを揺らしながら階段を下りてくる実鈴の後ろには野川先輩がいる。短くて茶色い髪が今日もつんつんと立っている。

なるべく明るく聞こえるように花帆は答えた。

「ううん。図書館に行くつもり」

「図書館って古いほう？　掃除ってそんなに大がかりだったの？」

こういうとき、するりと嘘をつける器用さが花帆にはない。

「掃除は終わったんだけど、ちょっと……」

言い淀んでいると、野川先輩が身を乗りだしてきた。

「別の頼まれごと？　だったら俺も手伝おっか。そのほうが早いっしょ」

「いえ、ほんとに大丈夫です。図書館で本読むのにはまってて。だから、わたしのことは気にしないでください」

花帆は無理やりに笑顔を作る。

「また明日ね！」

手を振り、逃げるように二人のもとを離れる。

外廊下に出るときに小さく振り返ると、実鈴は何か言いたそうに、花帆のことをじっと見ていた。


（不自然だったかな）

足を緩めないまま、花帆は旧図書館に駆けこむ。

定位置になった壁際に向かう途中、

「……どうかした？」

カウンターの中から、日向がぬっと顔を出した。今日は先に来ていたらしい。

カウンターの上にちょこんと顎を乗せて、めずらしく花帆を見つめてくる。

「先輩、それ生首みたいでちょっと怖いです」

冗談っぽく言ってみたけれど、自分でもわかるほど声が強ばっている。

日向は「まじか」とつぶやくと、ゆっくり立ちあがった。

花帆の近くまでやってきて、書棚を背に座りこむ。

「何か話す？」

目で示されたのは、隣でも正面でもなく、斜め向かいの床だった。

(何でこの人は、ちょうどいい場所がわかるんだろう)

ずるりとしゃがみこんだ花帆は、ぽつり、ぽつり、と口を開いた。

隣のクラスに中学時代からの親友がいること。その子に初めての彼氏ができたこと。そのこと自体は嬉しいし、自分だって関係を応援したくせに、二人が一緒にいるところを見るとうまく笑えなくなってしまうこと。子どもっぽい嫉妬をぶつけてしまいそうで怖いこと。親友とどんなふうに話していたのか、思いだせなくなってしまっていること。

きれいにまとまらない花帆の話を、けれど日向は小さく相づちを打ちながら聞いていてくれた。

「大丈夫なつもりが、そうじゃなかったんだ」

「実鈴は本当にしっかりしてて頼りになるんです。告白への返事をする前にだって、『彼氏ができたからって花帆が大事じゃなくなるわけじゃないんだからね』って言ってくれたのに、わたしは『実鈴は心配性だ』なんて笑ってしまって。なのに実際はこの有り様で」

自分で話していても、情けなさに体が縮こまっていく。

「その環境に放りこまれて、初めてわかることもあるよ」

慰めるような言葉に花帆は勢いよく顔を上げた。

「でも、だからこそ、わたしもしっかりしたいと思ってて！　……思ってはいる、んですけど」

ぜんぜん、うまくできていない。またもしょんぼりとしてしまう。

「今俺に話したこと、友達にも話してみる、っていうのは？」

日向の提案に花帆は首を縦にも横にも振れず、俯く。

「話したら、きっとわたしの甘えは許されてしまうんです。気持ちの整理の仕方を身につけられないまま、甘えさせてくれる実鈴に頼ってしまう」

そうして片方が片方に寄りかかったままで行ける場所には、限界があるんじゃないか、と近ごろの花帆は思うようになっていた。そんなのは嫌だ。

「――変わりたい？」

それほど大げさではないかもしれない。ただ少し、大人になりたいだけ。けれどその方法がわからずにもがいている。もがく途中で、実鈴まで困らせている。

「まったく状況もわからないまま変な態度とられるよりは、理由だけでも理解できてるほうがいい、って俺は思う。けど、それは俺の考えだしなー」

昼寝の時間を奪ってしまっているというのに、日向の口調に自分の考えを押しつけるような雰囲気はない。ただ受けとめてくれる態度に、暴れていた気持ちが静まっていく。

これだったら何とか、絡まったものをほどく糸口が見つけられるのではないか、という気がしてくる。

「考えて、みます」

「考えすぎて時間切れにならないように」

諭すような口調は自分と一歳しか違わない少年のものにしてはやけに大人びていて、花帆はふと興味を覚えた。

（坊城先輩は、どんな人なんだろう？）

視線を日向に向ける。と、日向のほうでも花帆を見つめていた。

思いがけずしっかりと目が合ってしまって、心臓がふいに大きく跳ねる。頬が内側から熱を持つ。

内心で花帆が慌てていると、日向も同じだったのか、いつにない焦ったような目をしている。

「な……っんでこんな寂れたとこに通ってるのかな、変わってるな、と思ってたんだ」

ごまかすように、先ほどまでとは打って変わった明るい声で、そんなことを言ってくる。一瞬だけ流れかけた奇妙な空気がぱちんと弾ける。

ほっとしたような惜しいような気分になって、そんな自分に花帆は驚いた。

「先輩だって、人のこと言えないじゃないですか。ここに来るの、わたしよりベテランだし」

「ベテラン、って」

突っこむように言った日向は、ふと表情を消すと、ただでさえ微笑んでいるような唇の両端をきゅっと上げた。

「まあ、そうだけどさ」

4

日向の様子がいつもと違う。迷いながら花帆は訊ねた。

「……何か、あったんですか？」

「あったというか、継続中というか、むしろようやく終結に向かっているといえなくもない、というか」

はぐらかすような言葉に、花帆は理解が追いつかない。何も発せずにいると、日向は手を組み、ぐーっと伸びをした。

「うち、親の仲が悪いんだ。そろそろ離婚かって感じで。何年も揉めてて、それ自体はもう慣れたからどうでもいいんだけど、不機嫌な空気が充満してる家って居心地悪いからさ」

右から、天井を通って、左へ。ぐるりと視線を巡らし、日向はほ、と息をつく。

「それから考えるとここって天国だよね。静かで落ちついてて、しかも本が山ほどある」

何か言いたい。けれど、どう言えばちゃんと伝わるのかわからない。考えながら花帆は訊ねる。

「先輩、本読む人だったんですか？」

「いや、図鑑とか写真集とか、見はするけど文字はあんまり。でも聞いたことがあるんだ。本は人類の思考の集積、って。百冊あったら百通りの考えがあるのか、と思うとなーんか、いろんな人間がいるんだよな、って気が楽になる」

本がある、だけでよければ何も旧図書館でなくていい。新しい図書館だって静かなものだ。それなのに旧図書館を選んでいるのは、共鳴するものがあるからではないのだろうか。

放課後のざわめきにあふれる教室棟に囲まれていながら誰もいない、来ない、静かな建物。そこにあるのに誰にも開かれないまま、長い時間を過ごした本たち。切れたまま替えられることのない電灯。

花帆は初めてここに来た日のことを思いだしていた。

寂しい、けれどだからこそ慰められて、心の強ばりが解けていくようだった。

(先輩も、そんなふうに思ったんじゃないですか?)

もちろん、花帆の勝手な想像だけれど。

誰かの心に踏みこむのは怖い。でも伝えたいことがある。

「もし、ですよ。それでもどうにも愚痴りたい、とか苦しい、とか。そういうことがあったらいつでも話してください。聞いてもらえるだけでもすごいパワーになるって、わたし今、ものすごく実感してるところなので!」

勢いこむ花帆に、日向は一瞬だけ虚をつかれたような顔をした。けれど、

「ん」

うなずいた表情は穏やかで、花帆は思わず微笑んだ。

5

翌日。

今日こそは、勇気を出して実鈴と話をする。

そう考えていた花帆は昼休み、難しい顔をした実鈴に呼ばれて廊下に出た。

「ねえ、花帆。最近、放課後は古いほうの図書館に行ってる、って言ってたよね？」

理由はさておき、事実だ。

うなずくと、実鈴は花帆から視線をそらしたままで続けた。

「あたし、行ってみたんだ」

「いつ？」

花帆の問いに対する実鈴の答えは、思いもかけないものだった。

「昨日だよ。花帆と別れたあと、一回は帰ろうとしたんだけど、やっぱり気になって引き返し

たの。先輩と二人で行ったけど、扉はびくともしなかった」

たしかに旧図書館の扉、その取っ手の上下には鍵がある。けれど花帆が行った日に限っていえば、施錠されていたことはない。

日向が鍵をかけたのだろうか。いや、昨日は花帆のほうがあとから行った。そして鍵には触れてもいない。

「そんなはずない！　中にいたのに」

花帆の反論に、実鈴が高ぶる感情をとっさに飲みくだしたのがわかる。

「放課後。もう一回、わたしと一緒に行ってくれない？　そしたらきっと、わかってもらえると思うの」

花帆の提案を、渋々といった様子ではあるものの、実鈴は承諾してくれる。

そして放課後。

「……なんで？」

塗りこめられたように動かない扉を前に、花帆は顔色を失った。

実鈴の身体から、ぶわ、と感情がほとばしる。

「昨日、ほんとはどこに行ってたの？」

「本当に、ここに」

「じゃあ、どうして開かないの。それだけじゃない。気づいてるよ、花帆があたしのこと避けてるの」

実鈴が悲しんでいる。

花帆は泣きたくなる。けれど自業自得だ。時間切れになる前に、と日向だって言っていた。

（――そうだ、坊城先輩！）

日向に協力してもらえれば、きっと証人になってもらえる。

でも今は、目の前の実鈴だった。

覚悟を決めて、花帆は逃げずに親友を見る。

「変な態度とってごめん！　今ごろ言うな、って言われるかもだけど、聞いてほしいことがあるの」

話している間中、お互いに気持ちをぶつけ合いこそしないものの、二人して感情の上下を繰り返しているのが手に取るようにわかった。

「花帆は昨日、こっちの図書館にいた。それは信じる。それで、あたしはどうしたらいい？」

花帆の話を聞き終えた実鈴は、ふう、と鼻から息をついて問うてくる。呆れているような、ほっとしたような、そしてやはり花帆を見守ろうとするような表情。

実鈴の懐の深さが花帆は好きだ。

でも、頼りっぱなしではいられない。

「わたしが寂しいって態度をとっても、野川先輩との約束があるときはそっちを優先してくれると嬉しい。実鈴に彼氏がいるのに慣れるまで、どれくらいかかるかわからないけど、邪魔をしたいわけじゃないの」

訴えを聞いた実鈴は、ぺち、と花帆の額を小突いた。

「呼べば野川先輩より自分のほうが優先されると思ってるあたり、ひどい自惚れ！　けど……うん、あたしも、花帆を選んじゃう可能性は否定できないな。花帆のこと知ってるつもりで、ちょっと子ども扱いしすぎた、ごめん」

「実鈴……」

「だってほら、花帆に比べたら、野川先輩のほうが大人だしね。ちょっと友達がぐずってるから待っててください、って言ったらわかってくれそうだし？」

実鈴の軽口に、

「ひどい！」

花帆は頬を膨らませて抗議する。

「リスみたい」

つぶやいた実鈴は、手で口もとを押さえながら花帆を見る。

思えば目を合わせるのはいつぶりだろうか。それだけのことなのに、二人はほぼ同時に声を立てて笑いだした。

ひとしきり笑ったあとで、実鈴がからかうように目を細める。

「ところでその坊城先輩って何者？　図書館の外では会ってないの？」

「そんなんじゃない！」

それどころか、人に話せる情報は、名前とクラスと容姿しかない。

野川先輩も知ってる人かもしれないし、そのうち紹介して。

日向について、実鈴からはそう頼まれた。

実鈴と日向と野川先輩。みんなで仲良くできたらと想像すると、世界が広がるような予感に花帆の胸は高鳴る。本当にそんな日を迎えられるのか、今はまだわからないけれど。

（そういえば扉、何で開かなかったんだろう？）

あれから一週間が過ぎた。その間に三回、花帆はひとりで旧図書館に来ているけれど、いつでも出入りは自由だった。

少しずつ読み進めている星座の本は、あと六分の一ほどで読み終わりそうだ。

でも、ペースが上がらない。気がかりが邪魔をしてうまく集中できずにいた。

扉のことが瑣末に思えてしまうほど、重大な気がかり。

「……先輩、どうしちゃったんですか？」

こぼしたつぶやきに答える声はない。

家の事情を話してくれた日を最後に、日向は姿を現さなくなっていた。

6

心配な気持ちを抱えたまま迎えた週明け。

登校するなり、待ち構えていた実鈴に腕を引かれ、花帆はひと気のない空き教室に連れこまれた。両肩を押さえるようにして、そのまま椅子に座らされる。

「落ちついて聞いてほしいんだけど」

そう言う実鈴こそ顔色が悪い。いつもは冷静な親友の見慣れない表情に、花帆はごくりと唾を飲む。

「旧図書館で坊城先輩って人と会ってる、って言ってたでしょ？　あたし野川先輩に訊いたの。知ってる人じゃないですか、って。でも」

そんなやつ、聞いたことねーな。坊城なんてめずらしい名字、一回でも聞いてたら忘れねーと思うんだけど。

交友関係の広い野川先輩が、首を傾げたらしい。

「2—Bで間違いない？」

「うん」

「もう一回確かめてきてもらう」

ポケットからスマートフォンを取りだした実鈴は、ものすごい速さで親指を上下左右させる。スマートフォンはすぐに何かを受信したのに、実鈴は口を開かない。

「ねえ」

答えを促しながらも、花帆にはもう、野川先輩からの返信内容がわかっていた。握りしめた指が冷たくなってくる。

結果は想像のとおりだった。

「2—Bまで行って訊いたけど、『それ誰』って言われた、って……」

いったいどういうことなのか。

呆然とする花帆の脳裏には日向のあれこれが次々と浮かんでくる。

淡々とした、けれどけして冷たくは響かない声。猫っ毛。留められていない第一ボタン。いつも笑みを宿しているような口もと。斜めに向かい合ったときの、穏やかな表情。

こんなに思いだせるのに、いない、だなんてありえない。

けれど状況を適切に表す言葉も見つからない。考えれば考えるほど、目の前が暗くなるようで息が苦しくなっていく。

実鈴のスマートフォンが再び震える。

「野川先輩が協力してくれるって。二年生探すなら同学年に頼んだほうがいろいろわかるよ。いい？」

二人を前にするとうまく振る舞えない、なんて、言っていられる状況ではなかった。

7

緊急事態とはいえ授業を抜けだして動き回るのは難しい。

昼休みを待って、三人は空き教室に集まった。椅子を向かい合わせて腰を下ろす。

まず話しはじめたのは野川先輩だった。

「残りのクラスも回ってみたけど成果なし。実鈴ちゃんの注意を守って詳しい事情はバラしてないから安心してよ」

「ありがとうございます。ごめんなさい、変なことに巻きこんでしまって」

「悪いのは消えたやつっしょ。俺考えたんだけどさ、坊城が偽名って線は？　例えば俺が初対面のときに『鈴木です』って名乗ってたら、宮本さん、信じた？」

「それは、たしかに信じてしまいそうです、けど……」

でも、隠れ家のように使っていた旧図書館に花帆が通うことを許してくれた日向が、わざわざ偽名を使うとは考えにくい。

「だったらごまかしてるのは名前じゃなくて学年とか」

「三年生が二年生って言った、ってことですか？」

「一歳若作りする意味、わかんねーよな」

自分で言っておきながら野川先輩は否定的だ。

「一応三年の先輩にも当たったとくから、宮本さんは二年の教室覗いてみてよ。俺、付き添う。メンツが揃ってるのはやっぱ朝だよな」

二人が話している間中、腕を組み、黙りこくっていた実鈴が顔を上げる。

「ねえ、今からすごく変なこと言うけど、いい？」

花帆と野川先輩、二人の視線を受けて、実鈴はゆっくりと口を開いた。

「あたし、授業の間の休み時間に行ってみたんだ。旧図書館。でもやっぱり、入れなかった」

「でも宮本さんはそこでその坊城ってやつと会って……え、別の場所と間違えてる？」

「花帆はそこまで馬鹿じゃない。ついでに怪しいやつに騙されてるとも思えない。それに、あたしと野川先輩が行ったときも、花帆と二人で行ったときもドアは開かなかった。これって花帆がひとりのときだけ中に入れる、ってことじゃないの？　自分でも言っててどうかと思うけど」

普段、非合理的なことを言わない実鈴がそんなことを口にする。ということは、よくよく考えての意見、ということだ。

「心霊スポットで有名な旧図書館に、宮本さんだけが呼ばれてる？　じゃあ何、坊城ってやつは幽霊」

反射的に言ってしまったらしい野川先輩が慌てて口を押さえた。

「少なくとも。旧図書館がそう呼ばれるのには噂以上の理由があるのかもしれない、とは思った。制服着てるってことは、たとえ幽霊だとしてもこの学校の生徒ではあったってことでしょ。その辺含め、今までの在校生を確認できればいいんだけど……」

「だったら図書館だ！　新しいほう。図書委員だけが入れる事務部屋に卒アルの入った本棚がある。帰りまでに話つけとくから、調べにいこう」

勢いよく立ちあがった野川先輩は、さっそくスマートフォンをいじりはじめる。

ぐるぐると、状況がめまぐるしく変わっていく。そのど真ん中にいる花帆は、意識を保つだけで精いっぱいだった。

膨大な卒業アルバムを前に気づいたのは、この高校の制服が時折刷新されているということだ。今、花帆たちが着ているのと同じデザインになったのは十年前。

日向が写っている可能性のあるアルバムはずいぶんと絞りこまれた。

先生に見つかったら大目玉だと怯える図書委員を野川先輩がなだめすかし、緊張に手を震えさせながら花帆がアルバムをめくり、そんな花帆を隣に座った実鈴が支える。

焦りと不安の中で、花帆は、個人の顔が名前入りで載っているページに目を走らせる。急いで、でも見落とさないように、名前と顔、両方を確かめていく。

（いない）

もう一度、今度は最初からページを繰る。

ふ、と、見憶えのある頭を見つけた気がして手が止まる。

それは三年前に卒業した先輩たちが一年生のときの一枚だった。添えられた説明には「新入生合宿」の文字。

ジャージ姿の生徒たちが山道で笑顔を浮かべている。その中に、くしゃくしゃとした髪の男子生徒がいた。

花帆が知っている顔より、ほんの少しだけあどけない。

「……ねえ」

目を離せないまま、花帆は実鈴に呼びかける。

「いた？」

弾かれたように実鈴が振り向いた。

「この人」

写真を汚してしまわないよう、触れるか触れないかのぎりぎりで指しめす。

花帆の目からはぽろぽろと涙がこぼれていた。

その後、アルバムを詳しく確かめてわかったのは、おそらく日向が二年生の一学期——ちょうど五年前の今ごろの季節に、何らかの理由でこの高校を去った、ということだった。

そのころなら勤めていた先生がまだ残っているだろうから、話を聞けば正確な事情がわかるはず。

そう言う実鈴に、花帆は頼みこむ。

「どんな答えが返ってきてもちゃんと受けとめる、って決心がつくまで、確かめるのは待ってほしいの。そうじゃないと、わたし」

「わかった。勝手なことは絶対にしないし、野川先輩にもさせない。約束する」

震える花帆を抱きしめて、実鈴は何度もうなずいた。

8

今日も、花帆は旧図書館の床に座りこんでいる。

場所はカウンターの内側。いつも日向が寝転がっていたところだ。

そこ俺の場所。

ひょっこりと顔を見せた日向がそう言ってくれるのを期待している。

「死んじゃったり、してないですよね……？」

花帆が知る日向は絶対に〝高校生〟だった。何年もこの場にとどまっている存在には見えなかった。それとも幽霊とはそういうものなのだろうか。

「どうしてわたしだけここに入れるの？　何か理由があって、入れてくれてるの？」

今度は建物と、整然と並ぶ本たちに向かって訊ねてみる。

花帆には旧図書館と、旧図書館に納められた本たちへの共感がある。

「わたしが寂しかったから？　あなたたちも寂しかったの？」

そのとき、ぐらりと、建物全体が波打つようにしてきしんだ。近くから遠くへと、さざ波のように、本たちの跳ねるコトコトとした音が遠ざかっていく。

とっさに疑ったのは怪奇現象だった。けれど花帆はこの場所の心地よさを知っている。人を慰めるような優しい雰囲気を知っている。悪いことに巻きこまれるはずがない。

ぱん!

書架の奥から響いた落下音に、導かれるようにして花帆は立ちあがった。

「……この本」

落ちていたのは花帆が昨日読み終えたばかりの星座の本だった。長く触れていた一冊だけが、床の上で窓からの鈍い光を受け、表紙に描かれた星々をわずかに輝かせている。

——人々が夜空に散らばる星たちを結び、今わたしたちも知るような星座の原形を思い描きはじめたのは、今から約五千年も昔のことと言われています。

——星は、人々の道標だったのです。

そんなふうに書かれていた本を、両手で拾いあげる。

はるか遠い昔に結ばれた星々が今も星座として繋がっているように、日向と自分との関係もまだ続いていていてほしい。そう願わずにはいられない。

「……諦めたく、ないです」

口にした瞬間、握りしめた本が光を反射したかのように瞬く。何の光かと、花帆は本から、光の射してくる窓の外へと目を移す。

ガラスの向こう、曖昧に見える景色に覚えたのはわずかな違和感。

ぎゅっと、胸に本を抱きしめる。その確かさに背を押され、意を決した花帆は旧図書館の外に出る。


外廊下から教室棟へ、注意しながら移動する。違和感は消えないものの、その正体が掴めない。

とりあえずいちばん慣れている自分の教室に向かってみた花帆は、そこにぽつぽつと残っている面々を見て息をのんだ。

クラス表示板を確かめる。教室に間違いはない。でも、いる生徒たちが違う。

花帆が立ち尽くしていると、

「見ない顔だけど、どうかした?」

中から声をかけられた。

花帆は大きく首を横に振り、もと来た廊下を急いで走る。

旧図書館に駆け戻ろうとして、廊下の向こうに園村先生の後ろ姿を見つけた。

知っている人物に、半ば叫ぶように名前を呼びかけ、気づく。

（……若い）

お団子は相変わらずだけれど、遠目でもわかるほど、先生の髪は黒々としていた。

花帆の中で、これまでのあれこれが組み合わさっていく。

（ここってもしかして、五年前の……。だったら！）

勇気を出して二階への階段を駆けあがった。

旧図書館の幽霊。もしもそれが、時を超えてやってきた、別の時代を生きている生徒なのだとしたら？　時を超え、その生徒のことを知らない誰かの前に現れたせいで、幽霊だと思われているのだとしたら？

（きっとわたしも、旧図書館に消える幽霊になる——）

2—Bの教室を覗きこむ。一人だけ女子生徒がいた。

「あの！　坊城先輩、ご存じありませんか！」

「え、あなた誰？」

誰、と問われたのは花帆だった。日向ではなかった。

「坊城ならちょっと前に転校したよ。家の都合だって。聞いてない？」

花帆はその場に崩れ落ちそうになるのを必死で堪える。

不思議そうにする女子生徒に身を折るようにして頭を下げ、今度こそ旧図書館へ走りこむ。

館内の中央に立った花帆は本を抱く腕に力をこめ、隅々にまで届かせるように声を張りあげた。

「ありがとう、先輩のこと教えてくれて。ありがとう、どうしようもなかったわたしを、先輩と会わせてくれて」

花帆の声は、書架に、本に、吸いこまれていく。答えはない。けれど、たしかに届いている気配があった。

花帆は思う。かつての〝幽霊〟たちも、ここにいる本たちに助けられて誰かと出会い、前を向くための力をもらったのではないだろうか。そうして伝えた感謝を、本たちは受けとったのではないだろうか。

今度は遠くから花帆のほうへと、本たちの立てる音が近づいてくる。それはまるで密やかな笑い声のようだった。

先ほども感じた揺らぎが旧図書館を包みこむ。

長いめまいのようなそれが終わったとき、辺りは静けさで満ちていた。

日向は幽霊ではなかった。ただし現在の高校生でもなかった。現れなくなったのは転校して、旧図書館に来られなくなったから。そしてそれは、五年前のできごと。

こんな話、信じてくれるのは実鈴と野川先輩くらいだろう。

実鈴に続いて野川先輩の顔も浮かんだことに花帆ははっとする。もしかしたら、気負うことなく二人と接することができるようになる日も近いのかもしれない。

（それから、もう一人）

かけがえのない出会いをくれた本をあるべき場所に戻した花帆は、扉の前で深く一礼し、職員室へと向かった。

9

呼びかけると、自分の席に着いていた園村先生は何かを悟ったように立ちあがった。

ゆっくりゆっくり歩いてくる。

「先生、ずっとその髪型なんですね」

花帆の言葉に目を大きくすると、

「いやだ、見たの？」

園村先生はくすくすと笑った。

「やっぱり、わたしのこと知ってて掃除を、っておっしゃったんですね」

「ここでは何ですから、学食にでも行きましょうか」

花帆たちは学食の隅、周りに誰もいないテーブルに落ちついた。

「五年前、ご家庭の事情で転校せざるを得なくなった坊城くんに、相談されたのですよ。宮本花帆さん。放課後になるとよく旧図書館で本を読んでいる、一年生の女の子を知りませんか、って。旧図書館が気まぐれな、少し変わった場所であることは知っていました。けれど、そのときのわたしは坊城くんの力になることができなかった」

当たり前だ。未来に現れる生徒のことなど、当時の園村先生には知りようもない。

「それを、ずっと憶えてたんですか？」

「いえ。でも、ひさしぶりに坊城くんの名前を見て、思いだしました。そうしたら同姓同名の女の子が入学してきているじゃありませんか。ああ、すべては繋がっていたのかもしれない。そう思って、わたしはあなたに声をかけたの。まあ、旧図書館にさえ行ってもらえれば、理由は何でもよかったのですけれど」

時代を追っていくならば、まず日向が花帆と出会い、花帆を探していることを園村先生に告げ、園村先生が花帆を旧図書館へと導くことで花帆は日向と出会ったことになる。

けれどももし花帆が旧図書館に行かなければ、日向が花帆と会うことはなく、園村先生が花帆を誘（いざな）うこともなかったのではないだろうか。

どこが始まりかはわからない。けれどたしかに繋がっている。

「わたし、好きです。旧図書館。ちょっと変だけど」

花帆が言うと、

「何でもあるのが本よ、って言ったでしょう？」

園村先生はいたずらっぽく笑った。

「それで先生」

日向のその後を知っているのかを訊（き）こうと思っていた。けれど、

「ひさしぶりに坊城先輩の名前を見た、ってどこでですか？　先輩は、お元気なんでしょうか？」

花帆の問いに、園村先生は目を丸くすると、

「まあまあ、そう、そういうことになってしまうのね。ちょっと意地悪だわ、あの本たち。それともこの先は自分たちでどうにかするように、っていうことなのかしら」

ひとり、わかったように手を合わせた。

「先生？」

焦（じ）らされているようで、花帆は思わず身を乗りだす。

「坊城くんはご両親が離婚されたあと、お母様についていったのだけど。そのお母様の名字が堀倉というの」

――堀倉。その名前の響きを、花帆はつい最近、耳にした覚えがある。

「教育実習生！」

がたん、と椅子を鳴らして立ちあがる。

「実習が終わってしまう前に気づけてよかったわ。今ごろきっと、国語科準備室でレポートを書いているはずよ」

「ありがとうございます」

園村先生にお礼を言って、花帆はまっすぐ走りだす。

10

扉についた小窓から中を覗く。体中が心臓になったかのように息が苦しい。

スーツ姿の青年は机に向かっていた。以前に比べ逞しくなった体つきに、変わらない口もと。くしゃりとした髪。

花帆は控えめに扉をノックする。

「宮本さん……!?」

青年は、持っていたペンを取り落とした。

花帆が日向に会えなかったのは、わずか半月ほど。けれど待ち望んでいた瞬間の訪れに、何から話そうか、思いがあふれて言葉が出ない。

事情が事情とはいえ、教育実習生に女子生徒がぴったりとくっついて歩くのは問題かもしれない。少しの距離を保ち、花帆と日向は旧図書館へ向かった。

再会を祝うならそこがいちばんだと思ったのだ。

けれど、

「……あれ?」

日向が引いた扉は固く閉ざされ動かない。花帆も続いたけれど、結果は同じだった。

先ほど体験した奇跡は別れの挨拶がわりだったのだと、花帆は理解する。

「先輩、もう寂しくないんですね?」

「それ、うんって言うと、あのときは寂しかったって認めることになるよね?」

「いいんじゃないですか、認めても」

「うん」

「どっちの問いに対する答えですか」

慰めと出会いをくれた建物を見上げながら、横に並んで言葉を交わす。

花帆にとってはひと月弱の間のできごとだけれど、日向には五年の歳月が流れている。

変わったこともあるだろう。

そもそも、大人になった姿に、まともに目を合わせることすらできていない。

けれど花帆にはもう、旧図書館と本たちが結んでくれた縁を手放してしまう気などなかった。

「――わたしは今からでも、先輩のお友達になれますか？」

日向の返事を聞く直前。

扉の向こう、旧図書館の奥から、喜びを謳いあげるような笑い声が聞こえた気がした。

5分で読書
扉の向こうは不思議な世界

本書は、二〇一九年にカクヨムで実施されたコンテスト「大人も子供も参加できる！　カクヨム甲子園《テーマ別》」の受賞作、また応募作の中の優秀な作品を加筆修正したアンソロジーです。

5分で読書
扉の向こうは不思議な世界

2020年6月11日　初版第一刷発行

編集	カドカワ読書タイム
発行者	三坂泰二
発行	株式会社KADOKAWA 〒102-8177　東京都千代田区富士見2-13-3 0570-002-301（ナビダイヤル）
印刷・製本	株式会社廣済堂

ISBN 978-4-04-064720-3 C8093

グランドデザイン	ムシカゴグラフィクス
ブックデザイン	百足屋ユウコ＋小久江厚（ムシカゴグラフィクス）
カバーイラスト	へびつかい
カットイラスト	みつきさなぎ